誰にでも親切な教会のお兄さんカン・ミノ

イ・ギホ

斎藤真理子＝訳

FRIENDLY CHURCH GUY,
KANG MINHO

亜紀書房

誰にでも親切な教会のお兄さんカン・ミノ

誰にでも
親切な
教会のお兄さん
カン・ミノ

Index

チェ・
ミジンは
どこへ

＊

先月の中ごろ、外づけハードディスクを買おうとしてたまたまフリマサイトに入ったところ、何者かがそこで僕の本を——つまり二年前に出た僕の長編小説を廉価で販売しているという事実を発見した。それを出品したのは「シャッター街のジェームズ・ソルター」というIDを持つ特別会員で、僕の本以外にも五十冊以上の小説と、二十冊ほどの古い文芸誌を売っていた。小説はグループ1、グループ2、グループ3という具合に分類され、それぞれ七千ウォン、五千ウォン、四千ウォンの値がついており、文芸誌は一律二千ウォンだった［千ウォンで百円程度］。

僕の本はグループ3に属していた。

僕は外づけハードディスクを探すことなど忘れて、「シャッター街のジェームズ・ソルター」の出品物を一つ一つ、詳細に見ていった。グループごとに写真をまとめて保存状態が確認できるようになっており、写真の下には本に関する短めのコメントもついていた。例えば、グループ1に入っているパク・サンニュンの『黄泉路』という本には、「圧倒的な、伝説の始まり」というコピーとともに「そこで七千ウォン」というコメントがついていた。グループ1はおおむねハーマン・メルヴィル、ジョン・チーヴァー、テッド・チャンといった外国作家が多く、韓国の作家はパク・サンニュンとイ・ムングだけだ。グループ2には最も多くの作家が布陣しており、バルガス・リョサもいれば井上靖も、ツルゲーネフ、ウン・ヒギョン、イ・スンウもいた。ここの作家たちにつけられたコメントもまた「世界の悪の本質がこの一冊に！」「喪失を肯定する力」など、賞賛一色である。

そして問題のグループ3……四千ウォンで売られているグループ3……僕はマウスを操作して、まずは何をおいても自分の小説についたコメントをチェックした。

49・イ・ギホ／読めば読むほど情けなくなるトンデモ小説、しかも著者サイン本（四千ウォン。ただしグループ1・グループ2から五冊購入時には無料進呈）

僕はちょっと前かがみになって、そのコメントをじーっと見た。そして再びスクロールして上に行き、僕の本の保存状態を撮った写真を見てみた。まるで一度も開いたことがないみたいに、たった今書店から新しく買ってきたみたいにきれいなカバーだ。僕はまた画面をスクロールして、自分の本の後に続く出品目録も全部読んでみた。

50・パク・ヒョンソ／同様にトンデモ系の小説、だがそれなりに手応えあり、メタフィクションとしては合格レベル（四千ウォン）

僕は自分より上位に位置する作家たちの目録もゆっくりと見ていった。グループ3の十五人中、「五冊購入時に無料進呈」という条件つきの作家は僕以外に誰もいない。僕はマウスから手を離して、しばし腕組みをした。ほほーう、とわざと声を出して笑ってみたりもした。だが、笑い声はあまり長続きしなかった。

僕はフリマサイトから出てポータルサイトのメイン画面に戻り、ハンファ・イーグルスの試合結果及び選手一人ひとりの打率や打点まで仔細に確認し、十分以上にわたるハイライト映像を最後まで視聴した。チョ・ソクとイ・マルリョン、クァク・ペクスのウェブ漫画を見ながら何度かくすくす笑いをした。いつもは見ない、ウェブ漫画につけられたコメントも次のページまでクリックして読んでみたが、意外なことに、悪意あるコメントより「今日も期待を裏切られなかった」とか「来週までどうやって待てばいいの？」といった応援の方が目につく。僕にはそれがちょっと不思議でもあり、なくしものをしたときのようないらいらも感じた。

僕はインターネットのウィンドウをすべて閉じ、ちょっとの間目をつぶった。親指と人差し指で眉間を何度か押してもみた。それからＷＯＲＤを開いて、大きく一度息を吐いた。ＷＯＲＤには三日前から、空白文書１、空白文書２、空白文書３という具合に新しいウィンドウが増えていくばかりだったが、実際にそこに書かれた文章は一つもない。僕は十分以上も、何も書かれてないまっ白なＷＯＲＤの画面を眺めたあげく、タバコを一本くわえた。火をつけようとしてライターを擦り、おっとぉ、火つけ石を床に落としてしまった。僕は机の前に座ったまま、床に落ちた火つけ石とライターを握りしめた自分の左手を見おろした。それまで全然気づかなかったのだが、ライターを握りしめている僕の左手には思いっきり力が入っていた。手の甲には青い血管が浮き出し、爪の先の色が白く変わっている。「しかも著者サイン本」かよ……五冊購入したらただでくれるのかよ……パク・ヒョンソは普通に四千ウォンなのに……僕は火つけ石の抜けたライターを見ながら下唇を噛んだ。それから重々しく、机を一度、ぶったたいた。

＊

その夜、僕はいつもより早く寝室のベッドに横になった。ベッドには妻と末っ子の娘が寝ており、ベッドの下の床では、今年九歳になった上の息子が十字架に磔《はりつけ》にされたイエス・キリストの格好で、二番目の息子が聖火ランナーの格好で眠っていた。僕はできるだけ体を丸めて娘の横に寝た。長雨の季節に入る直前の、むしむし、べたべたする夜だった。鼻先にある娘の髪の毛が、かすかに匂った。

「あのさ、寝てる?」

僕はしばらく横になっていたが、小声で妻にそう尋ねた。

「んー……なに?」

妻は上の空の寝ぼけ声で答えた。

「いや、寝たかなと、思ってさ」

「何よ?……また小説が書けないの? 書けないんなら、寝なさいよ」

妻は娘の枕を直してやり、また壁の方を向いて横になった。妻の枕元には目覚まし時計が置いてある。妻は明日、朝六時に起きてこの子の幼稚園の体験学習のお弁当を作らなくてはならない。

「ね、あのさ……実はさ僕……今日、ちょっと、屈辱的なことがあってさ……」

「そう……くつ……。靴、磨いて、寝なさいよぉ」

「いや、くつ、じゃなくてさ。くつじょく」

そのときになって妻は片手で髪をかき上げながら、上半身を起こした。

「何なのよぉ？　今日、銀行、行った？」

妻は、三年の据え置き期間が超過した住宅ローンのことを気にしていた。先月から元金償還が始まったので、銀行に行ってきてくれと何度か妻に言われていた。ローンの借り換えについて問い合わせてこいという意味だ。

「違う違う、そのことじゃなくて……」

僕は暗い寝室の天井を見ながら、フリマサイトの話をした。パク・ヒョンソは四千ウォンなのに、僕はおまけみたいな扱いを受けていると……

「そのことが頭から消えないんだよ……みんなが見るサイトなのに……読めば読むほど情けなくなる、だなんて……ちょっとひどくないか？」

妻は横になっている僕の顔を黙って見おろした。そしてまた壁の方を向いて寝た。

「もう忘れて、寝なさいよ……あなたの本だろうがパク・ヒョンソの本だろうが、買う人なんていないから……」

「結構、小説を読んでる人みたいだった。でも何であんな言い方するんだろ？　トンデモ小説とか、しかも著者サイン本とか……」

妻は何も言わなかった。

「もしかして……知ってる人じゃないかな？　わざと僕をばかにしようとして……何か、絶対、そうだって気がする……」

僕は一人言のようにつぶやいた。これって、侮辱罪みたいなのに当たらないのかな？　他人の人格を貶め、名誉を毀損し、誹謗し、それを大っぴらに公開してるんだから……そういうのは引っかかるはずだけどな……僕は妻が返事しようがしまいがかまわず、くどくどと言いつづけた。妻は何度かため息をついたが、ある瞬間にばっと寝返りを打つと大声で言った。

「だからー、ネット見てないで小説、書きなさいよ！　小説書かないからそんなもんばっかり目に入るんでしょ！　小説家が小説書けないのが屈辱でしょ、他に何があるっていうの？」

妻の大声のせいで、床で寝ていた二番目の息子が、寝ていた姿勢のままで、つまり右手だけぱっと上げた格好でその場にすっと立ち上がった。僕はすぐに目をつぶって寝たふりをした。それでも心の中では、もしかしてパク・ヒョンソがアップしたんじゃないかとしつこく考えつづけていた。

ちょっとやそっとでは眠れなかった。

＊

その翌日、僕はまたフリマサイトに入り、「シャッター街のジェームズ・ソルター」の携帯番号を確認した。そしてその番号に、グループ2に入っている五冊の本を買いたいとメールした。「シャッター街のジェームズ・ソルター」は五分もしないうちに返信をよこし、振込みを確認したらすぐに着払いの宅配で送ると言ってきた。僕はまたメールを送った。

——もしかして、直取引も可能でしょうか？　宅配を受け取る人が家にいないので。

ジェームズからは十五分ほど返事がなかったが、またメールを送ってきた。

——一山《イルサン》の鼎鉢山《チョンバルサン》駅の近くなら可能です。

——あ、そうですか？　よかったです。私もそこの近所なので、直取引をお願いします。

僕らは待ち合わせ時間を決めた。二日後の木曜日の午後二時。鼎鉢山駅二番出口のロッテデパート正面玄関前。そしてまたメールした。

——ところで、グループ2から五冊買えば、イ・ギホの小説を無料で進呈するということですが……

——ああ、はい、それも持っていきます。どうせサービスだから。

どうせサービス、どうせサービス……僕は送られてきたメールを長い間にらんだ。そしてまたインターネットにアクセスし、木曜日の午前十一時に光州松汀駅《クァンジュソンジョン》を出発する幸信《ヘンシン》行きKTX［高速鉄道］のチケットを買った。まあ、光州から一山なんてすぐだよな……三百キロ近くあるけどな……あっちまで行っちゃえば全部近所みたいなもんなんだし……僕は気を引き締めた。すると、ある熱気のようなものがガーッと押し寄せてきた。どうせサービス、どうせ無料進呈、どうせパク・ヒョンソ……

*

以前、つまり僕が作家になって二年ぐらい経ったころだったか、友だちの車に乗って京釜《キョンブ》高速道路を走っていて交通事故に遭ったことがある。車が中央分離帯にぶつかって横転するという結構大きな事故だったのだが、不思議なことに運転していた友だちも、助手席に座っていた僕も、おでこや腕に擦り傷をこしらえただけで他はぴんぴんしていた。とはいえレントゲンも撮ったし、今後の経過観察のために入院して（友だちがそれを強力に希望した）、六人の大部屋で、医師と看護師が入ってくるたび腰と首を押さえてウィーン少年合唱団に迫るレベルのうなり声を発し（友だちがそれも強力に希望した）、そうやって三日ぐらい経つと、保険会社の担当者（友だちが強力に待望していた）が僕らを訪ねてきた。

保険会社の担当者は僕らを見るや否や丁重にあいさつし、自分の名刺をベッド脇のテーブルに置いた。彼は明らかに僕らと同年代だったが、着ているスーツのせいかもしれないが、かなり年上の先輩とか先生と対面しているような気分にさせられた。担当者は友だちと僕を代わる代わる見ながら、体調はどうかとか、何と申し上げたらよいかといったことを、何の心配もしていない表情で言った。そしてすぐに、持ってきたファイルを広げて僕らの職業を聞いた。

「パステル乳業に勤めています。事務職で」

友だちは特に「事務職」という単語を強調しながらそう言った。そして、自分がいなかったら全国の牛乳配送に多大な問題が発生するかもしれない、わが社の牛乳は低温殺菌なので特に流通期限が短く、大変なことになったものであると、あいまあいまに病人っぽい声を発しながら言い添えた。

担当者は僕にも同じ質問をした。すると、六人部屋のベッドに寝ていた人たちがいっせいに僕の方を見るのが感じられた。僕は彼らの視線を意識しながらゆっくりと、ちょっと小声で答えた。

「僕は……えーと……作家です……小説を書いています……」

僕の言葉を聞いた担当者は、持っていたファイルから目を離すと、ちらりと僕を一度見おろした。まあ、よくわかんないけど……僕が小心者だからかもしれないけど、僕は担当者の片方の口角がわずかに、ごくわずかに斜めに上がったのを見逃さなかった。彼はまた何でもなさそうな顔をしてファイルの中を探した。

「作家、作家と……作家は通常、交通事故に遭うことがあんまりないので……車を運転する人が少ないもんで……あ、ここにありますね作家。作家は日雇い労働に該当しますので……一日当たり一万八千ウォンですね」

ああ、そうですか。僕は心の中でそう言いながらうなずきつづけた。そうやって一生けんめいうなずいていれば、他の人たちから見ても平気そうに見えると思ったのだ。僕はなぜか、彼が言った一万八千ウォンという金額より、きれいにアイロンのかかった彼のスーツやネクタイ、彼が持っているペンやファイルの方に対して何らかの羞恥心のようなものを感じた。何だか、さっき彼に捕獲されたばかりの動物になったような気もした。

その日僕は、彼がサインしろというところにおとなしくサインし、彼の質問に答えるだけで、こちらからは何も質問しなかった。

*

あのときと今とで、何が違うんだ？

僕は鼎鉢山駅の二番出口の前に立ち、ずっとそんなことを考えていた。何であのときの記憶がしきりによみがえるのか？　あのときの羞恥心と今の屈辱感は何が違うのか？　光州から幸信まで行くKTXの座席に座って僕は、なぜか自分が軽くいじけていることに気づいた。どうして屈辱を感じるのか、正確な理由もわからない。グループ3に入れられたからか、トンデモと言われたからか、読めば読むほど情けなくなるという表現のせいか？　それでもなければ無料進呈のせいか、パク・ヒョンソのせいだろうか？　でも、それは単に個人の嗜好の問題じゃないか？　「シャッター街のジェームズ・ソルター」が侮辱したのは僕じゃなくて、僕の小説だろ？　やがて僕は初めて、もしかしたら彼が僕に与えた屈辱の理由と対象に相互関連性はないのかも、という疑念を抱くに至った。

だが妙なのは、にもかかわらず彼に会わねばという思いだけは変わらなかった点だ。僕は龍山《ヨンサン》駅で降りて光州に引き返すこともできたし、思いとどまって幸信駅で降りることもできた。僕にはそれだけの選択肢があった。だが僕はとうとう幸信駅前でバスを乗り換え、鼎鉢山駅の前まで来てしまった。後に、つまりすべてが終わった後でその理由について考えたんだが、ひょっとしてそれはまあ、こんな心理じゃなかっただろうか？　つきあってたときは別に愛してもいなかったのに、いざ別れを告げられると号泣するという……そうやって悲しむことで初めて自分の愛を完成させるという……そのとき僕はまさにその「号泣して」いる状態じゃなかったか？　つまり、そうやってずっとある種の熱気みたいなものを感じていたからこそ、止まれなかったのだ……まさにその瞬間だけは僕と僕の小説がまともに見えるから。引き返したら、認めてしまうことになるから……

＊

「シャッター街のジェームズ・ソルター」は約束の時間に十分ほど遅れて現れた。誰かが僕の肩をトントンたたくので振り向くと、そこに彼が立っていた。

「直取引ご希望の方ですよね？」

僕は、まるで狭い路地で大型犬に出っくわしたようにあわてたが、すぐに何ともないふりを装って短く目礼した。彼はどんなに多く見積もっても三十代前半に見えたが、茶色の野球帽に何の柄も入っていない白いTシャツ、サッカーのユニフォームみたいな半ズボンに、甲に三本ラインの入ったサンダルをつっかけていた。背は一メートル七十センチに届かないと思われ、ふくらはぎや手首はまるで小学生みたいにきゃしゃで細い。僕は野球帽の下にあるその顔を見ようと努めた。くっきりした二重まぶたの目元、ちょっと低い鼻、輪郭のぼやけた唇。彼は確かにパク・ヒョンソでもないし、僕の知り合いでもなかった。

「まず品物を見せてください」

僕がそう言うと、彼は持っていた大型スーパーのロゴが入った黄色い紙袋を差し出した。そこに本が入っていた。

僕はデパートの前の花壇に本を並べて、一冊一冊、まるで不動産登記簿の謄本をチェックするみたいに冷静に状態を確認するふりをした。本はやはり、彼がフリマサイトにアップした写真と同じようにきれいで、また状態も良好だった。ページを折った跡もなく、アンダーラインもなかった。

「かなり小説を読んでらっしゃるようですね?」

僕は本の奥付に出ている初版発行日を見ながら尋ねた。彼は僕の質問には答えず、サンダルの先でトントンと花壇の縁石を蹴っていた。何となく疲れているようでもあり、またちょっと所在なさそうでもある。若い恋人たちがデパートから出てきて僕らの前を通り過ぎるたびに周囲の空気がちょっと濃くなり、彼と僕が立っているところの風景は相対的にちょっとぼやけるような気がした。

僕は最後に、僕の長編小説を手に取った。オレンジ色の表紙は他の本と同じように傷一つなく、きれいだった。僕は思わず息を止めて表紙をめくってみた。表紙の次のページに、僕のサインが入っていた。

——チェ・ミジン様へ。よいご縁。2014年7月28日　合井《ハプチョン》にて　イ・ギホ

二〇一四年七月二十八日といえば、本が出てから二週間ほど過ぎたころだ。出版社が合井にあるカフェを借りて、本の宣伝を兼ねた読者参加イベントを開いたことがあり、たぶんそこに来た読者の一人に書いてあげたものだろう。あのイベントに参加した読者は二十人もいなかったと記憶するが……

「じゃあ、このチェ・ミジンさんがあなた……?」

僕がそう尋ねながら顔を上げると、彼が「え、え?」と言いながら僕の顔をじっと見た。

「えーと、それって……どういう……」

彼はもたもたと後ずさりまでした。それでも僕の顔から視線を離さない。僕は自分の本を

——カバーの折り返しに自分の写真が載っている自分の本を片手に持ったまま、彼に一歩近

づいた。

「あのー、つまり、私が……」

私がそう言った瞬間、彼はあっという間に背を向けて湖水公園の方へばたばたと走り出した。サンダルばきとしては信じられないほどのスピードだった。


僕に気づいたのだ。

*

だが、いくらもしないうちに「シャッター街のジェームズ・ソルター」は再び、とぼとぼと僕の前に戻ってきた。彼は僕の顔をまともに見もせず、僕に何も言わなかった。

僕らはロッテデパートの裏のベンチに行って座った。本が入った紙袋は僕が持ち、彼はがっくりうなだれたまま、僕の後をとぼとぼついてきた。ベンチの前の小さな空き地ではベビーカーを押して出かけてきた若い母親が一人、立ったまま本を読んでおり、幼稚園に通っているとおぼしき女の子がトンボを追いかけてひらひら走り回っていた。

「タバコ吸います?」

　やや離れて座った彼にタバコを一本差し出しながら、僕は聞いた。「シャッター街のジェームズ・ソルター」は僕の手のタバコをじっと見ていたが、やがて首を振った。僕は何となくしゅんとして、タバコでベンチをトントンたたいた。あのまま別れた方がよかったかな? 僕は少々後悔した。彼が逃げなかったら、僕の顔に気づいても平気な顔をしていたら。そうだったらどうなっていただろう? おそらく僕の方も別に何も言わず、ただ二万五千ウォンを渡してまた幸信駅行きのバスに乗っただろう。笑いながら「ほんとに、『しかもサイン本』なんですね」と言って、おしまいだったかもしれない。そのぐらいが、僕の想像の及ぶ最大限のところだ。だが彼が急に僕に気づいて走り出したせいで、その後間もなく僕の前に戻ってきたせいで、すべてがおかしくなってしまった。侮辱されたのは明らかに僕だと思うが、今となっては二人で一緒に悪いことでもしたような気分だし、お互いに顔色をうかがうことになってしまったのだ。一杯どうですかと言ってみようか? そう思わないでもなかったが、その一言がなかなか出てこない。断られるのが心配だったからでもあるが、何よりも僕は、単に、そこまではやりたくなかったのだ。何となくちょっと悔しくて。

「悪気はなかったんですよ。ただ、もしかして僕の知ってる人かもと思って……ほんとに必要な本もあったし……」

僕はつじつまの合わないことを言った。彼はその言葉にもだんまりを決め込んでいた。

「もしかして何か書いてます？」

彼はその質問には、短く頭を振った。少しだけ目も合った。僕は、彼が書く人でなくてよかったと思ったが、なぜかちょっとがっかりもした。

「ともあれ、直取引にしたんですから……」

僕は財布から三万ウォンを出して彼に差し出してそう言った。彼はためらっていたが、僕が差し出した三万ウォンを両手で受け取った。そしてポケットからのろのろと五千ウォン札を出して、差し出した。僕は無言でお札と彼の顔を交互に眺め、無言で手を振って遠慮した。そのときわずかに笑った。「シャッター街のジェームズ・ソルター」はしばらく五千ウォン札をじっと見おろしていたが、それをまた自分の半ズボンのポケットに突っ込んだ。

僕はベンチの横に置いた紙袋を持って立ち上がった。ともあれ勘定は全部すませたのだから、今や僕らの直取引は終了したことになる。

「あの……」

彼は僕に続いてベンチから立ち上がりかけ、中腰のままで言った。

「すみません……」

こんどは僕が黙って彼の顔を見つめた。彼はずっと下を向いていたが、ぶすっとした感じが指先に、肩に、ありありとにじんでいた。

「作家の人も……あんなサイトを見るとは……思わなかったんです」

僕は無理に微笑を浮かべようと努めた。僕は君に悪意を持っていないし、ほんとに、単に必要な本があっただけだと、最後までそう見せたかった。

「ああ、もう、作家だからって何の違いがあるもんですか、みんな同じ人間ですよ」

「でも……」

僕は彼との会話がだんだん嫌になってきた。明らかに僕が先に始めたことなのに、嫌だった。たぶん、それでとうとうあんなことまで尋ねてしまったのだろう。

「でも私、ほんとに気になるんですけど……どうして私の本だけ無料進呈なんですか？　他の作家のはみんな違うのに……」

彼はさらに深くうなだれるだけで、何も言わなかった。

「ほんとに、そんなに情けなかったですか？」

僕は彼が答えるまで待った。

「すみません……」

彼の口からはついに、その言葉しか出てこなかった。それでなおさら侮辱されたような気になったのだ。けれども僕は顔には出さず、いっそう明るい声で言った。

「いや、別に問い詰めたいわけじゃなくて……ただ気になって……。気にしないでください、そんなこともあるでしょう」

もうやめよう、このへんで終わりにしようと僕は決心した。おかしなことだが、自分がいっそうみじめに、みすぼらしくなるような気がしたからだ。

僕は彼にあいさつをして振り向いた。だがそのときハッと思い出したことがあって、その場に立ち止まった。

「あ、ところで、このチェ・ミジンっていうのは誰ですか？」

僕がそう言うと「シャッター街のジェームズ・ソルター」は帽子のひさしの下で陰になった目でぼんやりと僕を見た。彼は僕に何か言おうとしてよほど苦労しているようで、ずっと唇の端がぴくぴくしていた、しかし彼の口からはとうとう何も出てこなかった。その代わり彼の肩が小さく震え出した。ずるずると鼻水をすする音も聞こえてくる。僕は突然のその反応にめんくらい、「いや、ただちょっと気になって……」と小さくつぶやいたが、それ以上は何も言えなかった。いや、言えるわけがなかった。彼がまた、こんどは注葉《チュヨプ》駅に向かってだだだっと駆け出したからだ。腕で目のあたりをこすりながら……うつむいたまま……

彼はもう、その場に戻ってはこなかった。

*

光州に戻るＫＴＸの中で、僕は妻の電話を受け取った。

「どこ?」

「うん……ちょっと取材することがあって……」

僕は客室から出て、トイレのドアの前で通話をした。妻の横に末っ子と二番目の子がいて、電話を代わってくれと交代でせがんでいるのが聞こえてきた。

「今日、もしかして銀行行った?」

「あ、それ……明日あたり行こうかと思って……手数料のこともちょっと調べなきゃいけないし……」

僕は片手で額をこすりながら、また文句を言われるなと思っていた。

「行かなくていいよ」

「え?」

「わざわざ行って、未練がましい話なんかしなくてもいいわ」

軍人が一人、トイレに行きたいのか僕の前にぬっと立ち止まった。僕はそれをよけながら小声で言った。

「行かなきゃだめだろ。今月からすぐ困るじゃないか……」

「あたし、来月から働くことにしたから。マンションの前の塾で、パートの講師募集してるの。今日行って、面接受けてきた」

「いや、あのさ……別に、無理にそんなことまで……」

僕は妻に、この機会にマンションを売ってもうちょっと安いところ、羅州《ナジュ》か和順《ファスン》あたりに引っ越すか、またはチョンセ［韓国特有の賃貸の方式。最初にまとまった額の保証金を大家に渡し、月々の家賃は発生しない。退去時に保証金は返してもらえる］でも探してみようと言いたかった。だが言い出せなかった。妻の気持ちがどうなのかわからなかったからだ。そして何より、決定的なその瞬間、二番目の子が妻の携帯を奪い取ったからだ。

「パパあのね、僕、パパのノートパソコン、ぶってたらね、字がね、ばーってね、消えたんだよ」

僕は黙って電話を切った。

光州松汀駅に着き、紙袋を持っていざタクシーに乗ろうとした瞬間また電話が鳴った。家からだろうと思ったが、液晶には「シャッター街のジェームズ・ソルター」の番号が出ている。僕はタクシーを見送って振り向いた。夜の九時を過ぎた駅前広場には、何人かの人がぽつりぽつりと離れてタバコを吸っている以外に誰もいなかった。オートバイが一台、スピードを上げて松汀市場の方へ走り去り、冬物のジャンパーを着たホームレスらしき男が一人、誰かが捨てていった吸い殻を拾いながらのろのろ歩き回っているのが見えた。

「シャッター街のジェームズ・ソルター」は、電話がつながってからもしばらく黙っていた。受話器の向こうからはかすかに息をする音がしたかと思うと、ふーっというため息が聞こえてくるだけだった。僕も何も言わなかった。彼の息を聞くだけで、彼が今どんな状態か、どんなに酒を飲んだか、想像はついた。

「あのお……もしか、して、ミジンのことよく知ってるんですか?」

彼がつっかえつっかえ聞いた。彼はずっと激しく息をしていた。僕は黙って彼の声を聞いていた。僕が何と答えたところで、特に意味はないだろうと思ったから。

「ミジンはですね……あのですね……俺、あいつがどこにいるのかもよく知らないんですよ……別れちゃって、今はどこにいるかわからないんです……あいつが俺に残していったのは本だけなんだけど……その本が結構多くて……捨てたのもあるけど……まだ、うちの本棚にいっぱい残ってんですよ……」

僕は、えーとすみません、と言って話をさえぎろうとしたのだが、彼はそれを聞いていなかった。

「だけどね……こんどは俺が引っ越すことになって……部屋を出ないといけないんですよ……彼女、たぶんそれも知らないんです……ミジンは知らないんだ……俺はね、俺は、この本全部持っていけないんですよ……持っていきたくても、持ってく方法がないんです……」

電話している僕の前に、冬物のジャンパーを着込んだ男が近づいてきた。僕は片手で電話を持ったまま、もう一方の手で彼にタバコを一本差し出した。彼は僕が手にしたタバコをじっと見てから、背を向けてまた広場の方へ歩いてった。彼は吸い殻を拾いつづけた。

「あなたは……あなたはミジンのことなんかよく知らないでしょ……知らないくせに、よいご縁とか書いてたじゃないですか……テキトーに書いたんでしょあれ……畜生、なんにも知らないくせに……どうして俺が本を売ってるのかも……俺があんたの書いた字をどんだけずーっと見てたかも……俺のミジンがどこでどう暮らしてるかも……全然知らないじゃないですか……知らないくせにあんなこと書いて……なのに畜生、俺が何、悪いことしたっていうんだよ……俺がふだんから、どんだけ、すみませんって言葉を言わされてるか……なのに、その一言を聞こうとして……その一言を言わせるためだけに、あんな……」

電話はそこでぷつんと切れた。彼はもう電話をかけてこず、僕も彼に電話をしなかった。

僕は紙袋を持って、しばらくその場に立ちつくした。電話を待っていたのではない。ただ、僕の好意を拒絶した男の後ろ姿を目で追っていただけだ。その男は駅前広場の花壇の前によりかかり、吸い殻をくわえて黙って夜空を見上げていた。夜空は黒雲でいっぱいだったが、彼はそこから目を離さなかった。駅から出てきた一群の人々が、何ごともないかのように、彼がそこに座っているのが見えないかのように、一瞥もせずにあわただしく歩き去るのが見えた。僕もその群れに交じり、そのいちばん最後について、ゆっくりと駅前広場から出ていった。

僕は僕の敵意が怖かった。

＊

妻は今月の初旬から、週四日ずつ塾に出勤するようになった。午後二時に出勤して夜九時に仕事が終わるので、三人の子どもの夕食の世話は全部僕がやることになった。ときどき夕食後、子どもたちと一緒にサンダルをつっかけて、妻の働く塾が入った雑居ビルまで出かけることもある。ビルの一階の文房具店に設置してある百ウォンのスーパーボールのゲームをしながら妻を待つのだが、いつも末っ子がいちばんたくさんボールをゲットする。妻の仕事が時間通りに終わったことはただの一度もない。だが、それについては妻も僕も別に不満はない。町の塾ってみんなそんなもんよ、とふと妻が言った一言で万事おしまいだった。何度か、塾長と出っくわしたこともある。同じマンションの住民でもある彼女は、僕がどんなに遠慮してもうちの子たちを連れて文房具店に入り、チョコエッグを買ってくれる。僕はその様子を、スーパーボールを握りしめた両手を後ろに隠してじっと見守るばかりだ。

僕は「シャッター街のジェームズ・ソルター」から購入した、本来チェ・ミジンのものだった僕の本を、僕の部屋の本棚の隅に入れた。彼から買った残りの五冊もその横に立ててある。サルマン・ラシュディと大江健三郎、ペ・スアはもともと持っていた本で、島崎藤村とヘルタ・ミュラーは持っていなかった本だ。これらの本を僕がまた手にして、読む日はあるだろうか。そうだな、今の時点ではよくわからない。よくわからないが、とにかく僕にはこれらの本を保存し、入れておく本棚がある。それらは僕のすごく近くにある。であれば僕はいつでも、それを読む可能性があるだろう。僕はそうなることを望んでいる。

僕はフリマサイトで「シャッター街のジェームズ・ソルター」の出品物をもう一度探してみた。彼に会った翌々日まではちゃんとあったのだが、一週間後に見てみたら跡形もなく消えてしまっていた。それまでに本が全部売れたのかな？　たぶんそうではないだろう。そうではないだろうと予想しながらも、僕は、それらすべての本が新しい主人に出会えるようにと願った。それが、彼にとってもいいことだと思ったから。

ときどき僕は考える。侮辱されているかもと思っただけで屈辱を感じ、侮辱し返すという、そういう人生について。

僕にはそれがちょっとわびしく、恥ずかしい。

ナ・ジョンマン氏のちょっぴり下に曲がったブーム

二〇〇九年一月十九日の明け方五時ごろ、一群の人々がソウル龍山区《ヨンサンク》漢江路《ハンガンノ》二街に位置する四階建ての南日堂《ナミルダン》ビルの屋上を占拠した。彼らは再開発によって追い出された中国料理店、飲み屋、定食屋の主人など、そのビル内に部屋を借りて商売していた人々とその家族であり、また、彼らの気の毒な事情を聞いて取るものも取りあえず加勢しに来た他地域の撤去民たちだった。後日の検察の公訴事実によれば彼らはその日、ビルの屋上に四階建ての見張り台を作り、火炎瓶や石を投げ、再開発組合側に雇われた撤去作業員に立ち向かって抵抗した。彼らが望んでいたのは、最小限の移住補償だった。

見張り台への立てこもりが始まってから一日経った二〇〇九年一月二十日午前六時、テロ鎮圧を目的として創設された警察の特殊部隊が南日堂ビルに電撃投入された。この作戦には、百トンのクレーン車一台と特別に製作されたコンテナ一個が動員された。コンテナに特殊部隊員を乗せて吊り上げ、屋上へ送り込む作戦だった。もともとの計画は、百トンのクレーン二台とコンテナ二個を利用し、二手に分かれて、一方は見張り台の屋根を取り払い、もう一方はビルの出入り口へ進入するというものだった。だが当日の夜中に、予定されていたクレーン車の運転手一名が行方不明となったため、作戦は修正を余儀なくされた。後日、一審の裁判に検察側証人として出廷した特殊部隊の梯隊《ていたい》長は、本来の計画に基づく作戦通りであれば惨事は免れるか、犠牲者は大きく減らせただろうという趣旨の陳述をした。撤去民側の弁護士は、それこそまさに性急で無理のある作戦だった証拠ではないかと尋ねた。梯隊長は、自分は上の指示に従ったまでだと返答した。

クレーン車は、午前七時と七時二十分の二度にわたって特殊部隊の隊員を南日堂ビルの屋上に送り届けた。特殊部隊の隊員たちは放水しながら、盾班、前方を照らすフラッシュ班、消火器班という具合に役割分担して見張り台内部へ進入した。だが彼らは、見張り台の中に二十リットル入りのシンナー六十缶があるという事実を知らず、その中に果たして人が何人いるのかも知らない状態だった。彼らはただ、指示に従って動いただけである。屋根の軒下で発生した炎が壁の隅を伝って見張り台全体に燃え移ったのは午前七時二十一分、火のついた見張り台が倒れたのは午前七時四十五分、消防士らが屋上に上って見張り台を解体したのは午前八時三十分だった。それからさらに三時間後、警察は焼けた見張り台を捜索し、賃貸者二名と全国撤去民連合会の会員三名、特殊部隊の隊員一名の遺体を収容した。

これは、その日来なかったクレーン運転手の話である。

1 出会い――富川市《プチョン》素砂区《ソサ》 深谷本洞《シムゴクポンドン》 ××炭火豚カルビ

ちょっと遅れましたね？　これでも急いだことは急いだんですけど……いえね、そもそも私らの仕事ってのが、現場の状況によって毎回、仕事の終わる時間が違うもんでね……あ、ええ……ギチュルの先輩でいらっしゃるんですね？　はい、話はだいたい聞いてます。ナ・ジョンマンといいます。七〇年生まれです、戌年です。そちらは……？　ああ、それじゃ私とほとんど同い年ですね。私も誕生日は十二月だし……あ、髪ですか？　これは染めたんですよ。コバルトブルー。

で、ギチュルとは同じ高校出身なんですよね？　あいつ、そのころからあんな、わけわかんない奴でしたか？　いや、別にそうだってんじゃないですけど……ちょっと、話を大げさに言うでしょ。最初のうちは信用できなくてね……今日もあいつと一緒に来ようと思ってたんだけど……来なかったんですよ。たぶんネットカフェ行ったんですね。最近、リーグ・オブ何とかっていうゲームにすっかりハマっちゃってね。電話も出ないし。夜中じゅうそれやってから現場に出てくるもんだから……そばで見てる人たちがはらはらしてね……最近ちょっと、そんな調子なんですよ。この前あいつが、シャックルっていう、こんな、バックルみたいになった連結金具があるんですけどね、それをしっかり締めるから鉄骨なんかも持ち上げられるんだけど、あいつがそのピン抜いたまま締めてなかったんですよ。完全に気が抜けてる証拠でしょ……装備の下に人がいなかったからよかったけど、何人も下敷きになるとこだったんですよ。お会いになることがあったら一言言ってやってくださいよ。私が何か言っても、頭痛がするって言って聞きゃしないんで……ところでこれ、豚カルビですかね？　いえ、違いますよカルビならいいんです……でもこの店はトッカルビ［カルビ肉をたたいて作るハンバーグ風の料理］がうまいんだけどね……いや、もう注文したんだったらいいですよ……

違うんです……最初はカーゴに乗ってたんです。あ、カーゴってのはね、荷台に起重機なんか載せて走ってるトラックがあるでしょ？　荷物も運ぶし、看板も積めるし、パネルの設置もやるし、ゴンドラ作業もできる奴。あれは大型運転免許さえあれば乗れるんですよ。九五年度だったか、違うな、除隊してすぐだったんだから九四年度ですね、短大に通ってたんだけど、そこ中退して始めたんですからその年の秋ですね。あれには五年ぐらい乗ってたな……

実はこれ、話すと長くなるんだけどね……私はちょっと特別なケースなんですよ……うちの父が車主だったんですよ。父がシリコン工場に勤めてて、退職して、十一トンカーゴを中古で買い入れましてね。まあ、そっくりつぎ込んだってわけですよ。いえね、退職金ちょっとと、家を担保にして借りた六千万ウォンだったかな？　たぶんそのぐらいだったと思いますけど、それを全部つぎ込んで始めたんです。

あ、短大ですか？　ははは、いや、ちょっときまり悪いんだけどね……忠清道《チュンチョンド》にある短大で、そこの衣装デザイン科ですよ……いえ別に、洋服に関心があったっていうよりただ、そこ行きゃ女がいっぱいいるっていうからね……でも行ってみたら実際は私みたいな男どもばっかりでね……一年じゅうずっとそいつらと学校の前のビリヤードに入り浸ってて、それから軍隊に引っ張られて、まあそれでやめたんですよ。洋服なんて、毎日、ジャージだもんね。なーんも考えてなかったんですよね。遊んでばっかいて。

このカーゴってのはね、今もそうですけど当時も競争がすごくて殺伐としててね。個人車主もいれば、会社で持ってる車もあるんだけど、公定価格ってのが決まってて、おまえの区域、うちの区域ってきっちり決められてるんですよ、そりゃもう、うるわしい相互扶助なんですよ。だけどそこに、ポンとねじの頭が飛び出しちゃったような奴らが出てくるんですよね、要するにダンピングする連中……日に四十万ウォン程度もらえれば、そこからガソリン代、飯代、運転手の人件費を差っ引いてもいくらか残るんだけど、これを三十万ウォン、二十五万ウォンってどんどん下げてっちゃうんですよ。そしたらどうなります？　現場、どんどん外されて、お得意さんがどんどん離れていくのに、一人だけ四十万ウォンくれって言ってられないでしょ？　一緒に引き下げるしかないですよね。ま、会社ならカーゴにつなげてトレーラーでもクレーン車でも走らせるから、だいたいもとが取れるんだろうけど、個人車主は……そうはいきません。それ一台しか持ってなくて、それ転がさないことにゃ食えない……って場合、どうしたらいいんです？　ガソリン代は決まってるんだから、仕方なく車主が運転手の代わりをやって、定食も食べられないから海苔巻きですませるってまあそんな具合ですよ。コンビニのオーナーがバイトみたいに駆けずり回って握り飯食べてたりするのと似てますよ。それでも仕事が取れないんで、「うちは同じ値段で人夫も一人つけますよ」って、父がそういう営業戦略を立てたんです。もちろん、その人夫が私ってわけで……

ああ、ほんとに苦労しましたねえ。ただのドカタですからね……工場の積み込み仕事しに行きゃ、梱包も全部自分でやってからトラックに積まなきゃならないし、マンホールなんかを引き上げに行きゃ、シャベルでならす作業に必死こいてさ。廃材の集荷なんかだと、現場の連中が当然のことみたいに「あそこの後ろにある角材とタルキをちょっとかたづけてくれ」とか言って、自分らは焚き火の横でタバコ吸いながら、笑い話してるんですよ。そこをぐっとこらえてほうきで掃除までしてやって、もう、とんでもないっすよ。でもまあ仕方ないですよね、みんなそうやってるんだから……月給ですか？　ああもう、月給なんて。うちの父の考えが足りなかったのは、この仕事はトラック一台あればすむわけじゃないってことです。カーゴトラックってのは、十か月に一度タイヤ交換してやらないといけないんです。そうしないと車がもたないんでね。だけどそれが、一組につき五十万ウォンとちょっとかかるってわけなんです。それを順ぐりに一組ずつ交換しながら回していくっていうの、考えてみてくださいよ。その上に保険料払って、整備して、エンジンオイルなんかも交換してやらないといけないし……だからねおかしいけどさ、車買って、車で金を稼いでるけど、車のために金が出てくって構造なんですよ。ときどき夜中に仕事に出るとき、停まってるカーゴの前に父と一緒に立ってると、これ、ちょっと怖いなって思うこともあったんです。何だか自分たちに襲いかかってくるみたいな感じもして……ところで、トッカルビも先に注文しておいた方がよくないですか？　二人前ぐらい、頼みますか？

ギチュルの奴、そんな話までしたんですか？　あの野郎また、人のみっともない話までしやがって……そうです。四年間ぐらい、あっちの深谷本洞支店で働いてたことがあるんですよ。現代《ヒョンデ》自動車深谷本洞代理店……九九年度だったか二〇〇〇年度だったか、そのとき、父がカーゴを処分したんでね。それで……

これ、説明しようとしたらかなりしょーもない話なんだけどね……あのね、ははは、私が一度ね……加平《カピョン》にある農協の倉庫から驪州《ヨジュ》の近くの精米所まで米を運んだことがあったんです。そのときのことが決定的だったんですね。それが普通のかますじゃなくて、一個に一トンも入る楕円みたいな形のでっかいかますでね、それを八個運ぶ仕事だったんですよ。あのときは父が椎間板を傷めてちょっと大変な時期だったもんで、私が一人でやってたんだけど……もう必死でそれを全部運んでおろしたら、そこの奴らが、かますが一個ないって言うんですよ。八個じゃなくて九個のはずだって……私、ほんとに呆れちゃって……いえね、八十キロとかそんな小さい容器じゃあるまいし、そんなでっかいものが消えるわけないでしょ？はめられたかなと思ったけど、どうしようもなくて……そう、そうなんですよ、失敗だったのはね、貨物運送票みたいなのがあったことはあったのにちゃんと確認しなかったことで……何せ品物の図体がでかいから、別に数なんか数えなくてもいいやと思っちゃったんですよね。一人で車体安定装置を設置するのに必死だったこともあって……最初は頑張って反論しようとしてたんだけど、発注元の連中が何か口裏合わせでもしたみたいに書類を突きつけてくるもんだから、どうしようもなくて。父も口は出さずに黙って見てたんですが……かます一個が百二十万ウォンだかするんですよね。運送費を引いたらせいぜい七十万ウォン程度で……金額にしたらいくらでもないいんですが……私は、やめてくれって止めたんだけど、とうとう弁償することになって、それでその後すぐにカーゴは処分したんですよ……まあ、他のことで挽回すればいいやって……とにかく、ちょっとそんな事情があったんです……

自動車営業所の仕事は、まあ別に話すほどのこともないんだけど……そんなことまで話さなきゃいけないんですか？　いやそうじゃないけど、大して特別なことはないからね……一年ぐらいぷらぷらしてて、その後、ある先輩の紹介で入ったんです。けど、私にはあんまり合わなかったね。初めのうちは、スーツ着て働けるし、手に油汚れがついたりもしないし、土方仕事もないから楽でいいやと思ってたけど、それもしばらくのことで……「０１２部隊」っていう、一か月に一、二台しか売れない営業マンを呼ぶ言葉があるんですけど、私がいつもそうだったんですよ……そこに紹介してくれた先輩は本当にすごい人でね、正月になると、あっちの、上洞《サンドン》の方にずーっと並んでるマンモス団地へトラックで串柿をいっぱい、箱ごと積んで持ってって、一軒一軒回って新年のあいさつをするっていう先輩だったんですよ。それが顧客管理だって……いえ、回るのは四十坪以上の家だけです……それで、私もまねしてみようと思ってせっけんのセットを大量購入して、団地の前まで行ったことは行ったんだけど……あーあ、私にはできませんでしたね。先輩はブザー押して、人が出てくれば玄関でも靴箱の前でも盛大におじぎしてたけど……私ときたらこれが、ブザーも押せなくて……おかげで三年ぐらい、そのせっけんで体も洗うしシャンプーもするし、タオルの洗濯にも皿洗いにも使ってたんですよ……私、あのときからきゅうりが食べられなくなりましたよ。ほんとにもう、あのきゅうりせっけんときたらさ。

それでもあのとき、結婚もして子どももらも生まれて気持ちを入れ替えたんだから、無駄に過ごしたわけじゃないんです。あ、子どもですか？　女の子二人です。双子の姉妹で……小学校三年生ですよ……ああー、もちろん、可愛いですよぉ。あの子らが可愛いから一日一日生きていけるようなもんで……あの子らが生まれてすぐ、自動車営業所は辞めて、職業訓練所に入ったんですよ。そこで起重機の資格取って、すぐ大型クレーンの助手から始めて、二年ぐらい二十五トンクレーンに乗って、それからまた百トンクレーンの副運転手になって……うちの業界じゃ、トン数が上がるに従って運転手の月給も跳ね上がるんでね。ずっと二十五トンの運転手でいることもできたんだけど……子どもらのことを考えて、また二年近く、百万ウォンの安月給で百トンの副運転手として働いたんですよ。完全にどん底から這い上がったんです。正運転手になったのがその年の初め、だから二〇〇九年からです。ほんとに、たいして時間が経ってないんですよね。

これね……これが私が乗ってるクレーン車です。

ええ、いいですよ写真撮っても……本に載ってたの切り抜いて持ち歩いてるんですけどね。いや、これはドイツのリープヘルっていう会社の車なんだけど、装備の価格だけでだいたい十億ウォンですよ。車の重量だけで六十トン超えてるし……いやいや、これは個人の車主が持ってるケースはほとんどなくて、大部分は会社の所有です。資格取って、副運転手として一、二年経験積んでようやく運転手になれるんですよ……ここ、この、運転席の上に長い棒みたいなのが見えるでしょ？　これが「ブーム」っていうんだけど、全部で六段階に伸びて、そこに補助ブームまで連結すれば六十メートル以上になるんですよ。これでものを持ち上げたりおろしたりするんです。そうですね、まあ釣竿に似てると思えばいいですよ。おもりを吊るしたり、ウィンチを作動させたりって複雑な手順はあるけど……それはそれとして……とにかく地球上にあるたいていのものは全部持ち上げられる奴と思っていいんです。そこらへんのたいていの重

いものには悠々と勝てるし……

あの日ですか？　はあ、それじゃもう本題に入るんですかね？　こりゃまた……実際、説明も何もないんで……まあ、どうってことはないんですよ。だからギチュルにも、何で俺がそんな人に会わなきゃならないんだって言ったんだけどね……ま、とにかく、そのためにこうやって出かけていらしたんだから……話しましょうか。これはね、簡単といやあすごく簡単な話なんですよ。私らみたいな会社所属の運転手はですね、配車が決まって、社長が行けって言ったらただもうそこ行かなきゃならないんですよ、そういうこと。辛い現場でも遠くても危険でも、夢見が悪くても、それがどうした？　ってだけですよ。それが嫌なら韓国でクレーン車乗れないすよね。サウジみたいなとこならどうだか知らないけど……この業界はそんなに広いわけでもないんだから、一度噂になったら、もう大型クレーンには乗れないですよ。社長たちもインターネットに掲示板みたいなの作って、クレーン運転手の情報を共有してるっていうから……

だからその日もそうやって割り当てられて、社長の指示に従って動いたんですよ。それだけですよほんとに……午前中に開峰洞《ケボンドン》にある小学校の新築体育館に構造物を一つ持ち上げて帰ってきたら、社長がちょっと待てってって言ったんです。夜間作業が一つ入ってきたんだけど、少々面倒な仕事らしいって……実際、ちょっと変ではあったんですよね。私らの仕事っていうのはそんな、一晩で新しい注文が入って配車して動くようなもんじゃないですから。少なくとも三日ぐらい前には配車して現場の下見したり、装備の手入れしたりするもんなんです。社長もそのあたりが引っかかったのか、封筒一枚くれて、こっそり言うんですよ。警官たちを乗せて持ち上げる仕事だって……報酬はダブルのダブルの条件だって……まあ、そーっと行ってやってこいって……

ええまさか、そんな仕事、それまで一度もなかったですよ。いくら持ち上げられないものはないったって、人間持ち上げるなんて……そんなことしませんよ、事故も起きかねないし……だってものすごく高いところまで上がりますからね……そういうことのためには、「スカイ」っていう、それ用に作られた車両があるんです。でも向こうが、絶対うちじゃなきゃだめだって言ってるってんです。コンテナに警官を乗せて、できるだけ遠くから、同じ高さから接近しなくちゃいけないからって……

もちろんです、その日の午後さっそく副運転手と一緒に下見に行ってきましたよ。タクシー乗ってすぐに行ったんです。いえ、静かでしたよ……警察のバスがずらーっと並んでて。機動隊が整列して歩き回ってる以外、他の町と変わったところはありませんでした。バスも普通に運行してたし、下じゃ人も行ったり来たりしてたし……あ、一つちょっと変だったのはね、確かに警察の仕事だって聞いてたのに……私らにあいさつして、直接説明してくれる人がみんな、どっかの建設会社の名刺を出すんですよ。

そのとき気づいたんですよね。これ、建設会社なんかじゃないぞって……あの、取り壊しなんかを専門にやるヤクザ会社……そういうとこの連中だったんですよ。ああいう連中ってのはパッと見て雰囲気でわかるんですよね。警察の仕事を金で請け負ってやってやる連中……まあ、どこもそんなもんでしょ？　だから、ああ、そうなんだなと思ってすませちゃいました。私らは、作業の指示に従ってコンテナさえ上げてやりゃいいんだから……仕事も特に難しいもんじゃなかったです。交通規制さえちゃんとやってくれれば、補助ブームをつなげなくてもフックに直接ぶら下げて、屋上まで楽に持ち上げられるだろうってね。人を乗せるっていうのがちょっと引っかかるけど……実際、あのぐらいの高さは大したことないから。

見ることは見ましたよ……屋上の上の見張り台の近くで何人か歩き回ってました……そう

だね、私はまあ、別に何とも思わなかったですけど。今までにもああいう人たちはいっぱい見てきたじゃないですか？　テレビや新聞にもときどき出るし……単に、ああ撤去民だな、みんな追い出されるんだな、とか思っただけです。撤去民が頑張ったからって追い出されずにすんだこと、あります？　無駄な苦労してるだけに見えてねえ……結末もはっきりしてるのに意地張ってるみたいで。それだけですよ、もう。事情はわかりきってるし……目なんか合わせるわけないじゃないですか？　ただ通りすがりの人みたいに、タクシーに乗って事務所に戻ったんですよ。遠くだから顔もよく見えないし、みんなマスクして安全帽かぶってて、うちの現場に出入りする人間みたいでしたよね。そういや後で、あそこ、ほんとに現場になったわけだけど……あの……肉の後に冷麺どうですか？　いえ、どうして？　いや、でも肉を食べたら冷麺も食ってやらないとね……あ、そりゃだめですよ私一人なんて……え……そうですか、じゃ、ビビン冷麺で。

どこまで話しましたっけ？　あ、そうですね……それで、夜中三時まで事務所でずっと待機してたんですよ。会社じゃ、他の運転手はみんな仕事上がってて。社長も、終わったら電話しろよって言って帰っちゃったし。私と副運転手二人だけ、運転手待機室でジャージャー麺の出前取って、食って、ぼんやり待ってたんです。だって、やることないでしょ？　夜中の十二時ごろ、またチキンバーベキューの出前取って、食って……他に何やったっけな、ネットで花札のゲームしたり、ソファーでうとうとして、また起きて、テレビ見たり情報誌見たりして……まあ、そうやってたら、三時十分ぐらいだったかな？　やっと携帯に連絡が来たんで出かけたんですよ……

私が、隠れてたって？　雲隠れって何ですか雲隠れって？　行方くらましたりしてないですよ、行ったんですよ。行ったけど……最後までたどりつけなかったってだけでね……

あーあ、もう……話そうとするとまた頭きちまうな……つまりね……あの日、龍山に行って……そりゃもう気分が悪い話なんだけど……

過積載の取り締まりに引っかかったんですよ。

だーからねえ……ここ、ここちょっと見てください。うちの事務所がここ、九老洞《クロドン》にあるでしょ？　そしたら、ここから龍山まで行こうとしたら漢江《ハンガン》を渡らないことには行けないでしょ。なのに、これがえげつない話でさ、わが国には道路法五十四条っていうクソみたいな法律があって、簡単にいえば、四十三トン以上の車は橋を渡っちゃいかんっていうんですよ。だけどね、私らが乗ってるようなクレーン車はそもそも、車両の重さだけで五、六十トン超えてるんですよ。国が明確に許可した車体重量が五十トン、六十トンなんです。つまりこういうことですわ、一方じゃ許可しておいて、もう一方じゃ、でも悪いけど橋は渡れないよってわけ。渡りたいならクレーンを全部解体してから渡れって……そんな話ってありますか？

ええ、もちろん、渡れる橋が一つあるにはあるんです。江東大橋《カンドン》って……うちの業界ですごい大騒ぎして、官庁に行って請願したりしたもんだから、例外として一か所だけ許可してくれたのがそこなんです。つまり、漢江を渡ろうとしたら、九老洞から龍山に行くんでも、鷺梁津《ノリャンジン》から汝矣島《ヨイド》に行くんでも、ぐるーっと大回りして江東大橋を通らなきゃなんないってわけですね。問題は……それを誰が守るのかってことですよ。もう、食ってくために毎日死にもの狂いで働いてんのにさ、現場からは早く来い来いって言われて大変なのにさ、橋に無理がかかるといけないから、ちょっと混んでも遠回りして江東大橋から行きましょうって考える人がどこにいます？　そうでしょ……それでみんな夜中にこっそり、人目を盗んで橋、渡るんですよ。だから、よく考えたらみんな法律違反なんですよ。

これって、引っかかったら、ただ罰金払って切符切られて終わりとかそういうんじゃないんです。正式に裁判に回されて、それから罰金刑を受けるんですよ……でもだからって、どうしようもないでしょ？　食っていくためにはそのまま橋を渡るしかない……たぶん大韓民国のクレーン車の運転手で一、二回引っかかってない人はいないと思いますよ？　私の上司なんか六回だか七回だか引っかかってますよ、もう。

だけど……あの日はちょっと、そういうの甘く見てたのは事実です。普通なら橋を渡る前に副運転手が先に行って、取り締まり詰所の様子を探ってきたりもするし、スピードもイッパイに上げるんだけど、その日は……まあ、ちょっと気楽な感じで漢江大橋の方に行ったんです。あそこ渡ったらすぐ龍山でしょ？　一種の公務みたいなもんだから、問題になるはずがないと思ったんだけどね……

あーもう、あの公益［病気その他の理由で兵役につけない人が代わりに勤める仕事］の奴ら……今もあいつらの顔忘れてないですよ。一人は何ていうか、あの、「屁こき大将プンプン」っていう、着ぐるみのキャラクターが出る子ども番組あるでしょ？　あのプンプンみたいな、ほっぺたが赤くて腹がぼーんと出た奴で、もう一人はねえ、こんな表現で合ってるかわかんないけど、あのー、プンプンの友だちにプンスニってのがいてね。そいつみたいに唇がちょっと突き出た……ってか、二人ともデブなのはそっくりって連中なんだけど……そいつらが、どうしても計測器に載せなきゃいけないってんですよ、総重量を計らなきゃだめだって大騒ぎして……

もちろん言いましたよ、警察方面の仕事だから確認してみろって、時間がないんだって、さんざ説明したんですよ。なのにこいつらがまるで聞く耳持たないんだよな、自分たちは連絡もらってないって……それと、自分たちは警察とは関係ないって言うんですよ。西部道路事業所だったか何だか、そっちの方だって……それで「クレーン車は十台のうち九台まで公務だって言いますよ」とか言ってさ……あ、もちろんですよ電話したんですよ。電話して、その建設会社の、常務だか部長だかいう人に直接代わってくれって言いました。でも、そんなことしても無駄だったですね……そのプンプンに似た奴がすぐ携帯、取っちゃって、警察の仕事なのに何で建設会社の人がやってるのかとか、公益だと思ってめったなことおっしゃっちゃ困りますよとか、こっちでも全部わかってるんですからねとか言って……もう、頭、おかしくなりそうでしたよ。そのうえ龍山警察署の何とかって人からも電話が来てるのに……このプンプンとプンスニのコンビがびくともしないんだね。公式文書ももらってないし、上から電話で指示もされてないって……

だからってどうしようもないじゃないですか？　私もうちの副運転士も、ただタバコ吸って、様子を見てるしかなくて。そこへあの建設会社の常務だか部長だかいう人からまた電話がかかってきて、罰金は払ってやるから、とにかく橋渡ってこっち来いって言うんですわ。私、もう、呆れちまってね……そいつがあのとき、私らのこと何呼ばわりしたか……このくそったれとかドマヌケ野郎とかのろのろしやがってとか……それで私が電話切ってすぐ、うちの社長に電話して言ったんです、この仕事ちょっとひどそうだぞって。腹よりへそがでっかいっていうあれだ、現場がいつ俺たちの罰金、代わりに払ってくれたことがある、契約書もないし、信じられる人たちじゃないと思うって……そしたらうちの社長もちょっと黙ってたけど、すぐにOKしてくれて、それでああなったんです。橋の前でUターン。それでおしまいですよ。

どうしたんです？　いえ、だって……顔色が悪いみたいだから。他のこと？　他のこと、他のこと……そういってもね……それでおしまいなんだけど……それでもう会社に車、返して、帰宅しましたよ。あっちから電話が何度か来てたけど、出ませんでしたよもう。出たらまず怒鳴られると思ったからね。そうなったら私もこの性格だから、けんか買って出ちゃうかもしれないし……それであの連中、私が雲隠れしたって言ったのかな？　雲隠れだなんて……自分たちも事情はわかってるくせに……ただの言い訳じゃないですか？

もちろんです知ってますよ、六人死んだこと……翌日遅く起きて、テレビ見たらもう出てたですもんね。それで私、テレビ見ながら言ったんですよ、うわー、ほんとに行かんでよかったなって。行ってたらこのブーム台が台無しになって大変なことになっただろうなって……私らはね、ひとたびブーム台が故障したら一大事なんですよ。ドイツから技術者呼ばなきゃならないし、修理費もとんでもないんでね……だから私、仕事が終わってブーム台がちょっとでも下に曲がってたらしょんべんちびりそうになりますよ。重量オーバーすると、そうなるんですよね。ましてや、火をかぶったりした日にゃ……うちの社長も後で言ってましたよ、戻ってきてよかったなって。行ってたところで、報酬もろくにもらえなかっただろうって。

えっ、それはちょっとひどいな……だって、まるで私たちが行かなかったせいであの人たちが死んだみたいにおっしゃるからね……ほほう、そりゃまた……そうですかね、だったらさ、最初から警官が前もって道を開けとくとか、または前日の午後から前もって待機させとくとか、やりようはあったでしょ。そうじゃないですか？　さっきおっしゃった通りだとしたら、私たちを止めた公益の連中にも罪があることになるよ。建設会社の常務だか部長だかって奴にも罪があるし、道路法五十四条にも罪があるし、そこにいようがいまいがみんな有罪じゃないですか？　なのに何で私が罪悪感感じなきゃいけないんです？　私、あの人たちに何の恨みもないしね、ええ、もちろん亡くなった方たちはお気の毒だと思います……でも、私が何だっていうんですか？　私、あの人たちと何の関わりもない人間ですよ。そうでしょ、私があの近所に土地持ってます？　ビル持ってます？　ただ社長に言われて、妻子を飢えさせないために、日が昇れば現場に出て、日が暮れたら帰る、そういう平凡な人間なのにさ……私があの人たちに何、悪いことしたっていうんです……

それにしてもこの店は飯を食い終わっても水正果《スジョングァ》「干し柿と肉桂を使ったさっぱりした伝統的な飲み物」を出さないのかな。前は、火をかたづけたらすぐに持ってきたのに……ちょっと、おばさん！

違うよ……違いますよ、怒ったんじゃなくて……ははは、もう、ほんとですって……もう出ましょうか？　あ、ほんとにそんなんじゃないんだから……明日はまた早く東仁川《トンインチョン》の方に行かなきゃいけなくてね……あ、もちろんですよわかってます……私の話したこと、役に立つかもしれないよね、私はまあ、本なんてもんは読まないけど……さっき私が大声出したのはね……それはまあ、わかってください。私らみたいな人間は、一日じゅう蒸し風呂みたいな中で働いて、夜、口に食べ物入れたらすぐ眠くなるしね、それでいらいらしたりするんだよね……あ、もちろんですよ、そのうちギチュルと一緒に会いましょう……それはそうとギチュルの奴、早くしっかりしてほしいんだけどね……

2 誤解――それから十分後

ちょっと、ちょっと、ちょっと待ってくださいよ……違うよ、それは話が違うよ。いや、録音するなら録音するって最初に言ってくれなきゃだめでしょ？　そういうもんじゃないですか？　あーもう、ほんとに、また面倒なことになるじゃないですか……そりゃそうでしょ気分悪いですよ。立場を逆にして一度考えてみてよ。食事しながら気楽に話したことをこっそり録音するなんて……そりゃないよ！

あーもう、何も言わんでいいよ、早く携帯よこしなさいよ。くそったれ、さっきから何でそんなに携帯いじってんだと思ってたんだよ……ほら、こっちにくださいよ。俺が自分で見て消すから……何ですって？　そんなの信じられると思います？　小説に書くだのテレビドラマにするだの、市民団体に持ち込むだの言われたって！　だからー、消してから書けばいいでしょ。それ全部消してから、小説書くなり映画作るなり好きにしたらいいじゃないですか！　何で人の声を証拠に残すんだよ、証拠なんて……いらないでしょ……俺はね、それを言ったのが自分だってことさえ消せればそれでいいの。とにかく、それが残るのが嫌なんだよ！

ほんとに携帯渡さないつもりなの、あんた？　ほんとにこんなこと続けるつもりなんですかね？　ちょっと待てよ、俺、ギチュルに……えーとギチュルの番号……後輩のことを思えばこそ時間作ってやったのにさ、人を後ろから殴るみたいなことを……あー、あのクソ野郎、また電話に出ねえな……俺もうあいつと縁、切るよ、つきあっても人生に何のいいこともない奴だよあいつ……いいですよ、いいよ、全部やめましょ、俺、今、ものすごく気分が悪いんだからね、すぐに消して出ましょう。もうちょっとしたらバスもなくなるしね。明日の朝六時までに事務所に出なきゃいけないんだから……だからさ、気持ちよく、すっきり終わらせましょうよ、ね？　高い飯食って何やってんだか、こんな道ばたで？　こんな高学歴の方が……

もう、ほんとに気が変になりそうだな……ちょっと待ってくださいよ、俺がさっき言ったじゃないですか？　うちの業界はそんなに広くないんだからさ、ソウル市内、いや京畿道《キョンギド》までひっくるめたって百トンクラスのクレーン持ってる会社がいくつあると思います？　そんなにいっぱいないんだからね？　会社も運転手もみんな、面が割れてんですよ。もしも万が一、あんたが変な気起こして、俺の声、よそに流してみなさいよ。俺、この仕事辞めなきゃなんないんですよ。この先クレーン車のレバー握れなくなるんだよ。わかります？　俺最近ローン組んで、生まれて初めてマンションってものを買ったんですよ。その利子払えなくてうちの子どもらまで路頭に迷ったら、あんたが責任取ってくれんの？　何だよ？　だって、可能性ってもんがあるでしょ？　万に一つってのが！　警察がほっとくと思うかい？　俺、あのヤクザ会社や警察とどういういきさつがあったかってことも話したのに……そんなの嫌だからね。警察なんかもう絶対嫌なんだから。

あんたね……あんた、小説書いてるってのはほんとにほんとなの？　そんで、小説書く人ってのはもともとみんなこんなに卑怯なの？　何ですか？　何でこれが言い過ぎなんだよ？　あんたが今やってることの方が卑怯じゃないですか？　あんたみたいな人があのこと書くなんてさ……何ですか？　俺の言ってること間違ってます？　さっきは俺に、何だっけ、罪悪感を感じるかとか感じないかとか言いくさったくせに……何であんたあの話を書こうとしてるわけ？　あんた罪悪感、感じてんの？　あんたに何がわかるんだよ？　あんたが何を書けるってんだ……かっこつけやがってこの野郎……お？　ちょっと待てよ！　どこ行くんだよ？　行くにしてもそれ消してから行けよ！　ちょっと、あんた！　おい！

あーもうちょっと……俺……こんなことしたくないのに……いや、ほんと……ズボンのポケットなんか入れたりしちゃ……だめでしょ……もう……あ、あ、あっ……放してよ……みんな見てるじゃないすか……リキ……入れないでさ……みっともないじゃないか……これいったい……何してんだよ……ううう……何触ってんですか……うわ、もうほんとに……だからさ……先に放しなさいよ……先に……放せってば……おおーっと……こんなんじゃ困るよ……うわ、ああっ！　指、ちぎれちゃうよ……あ、あ、あ……じゃあ三つ数えて同時に放しましょう、三つ数えて……わかった、わかったから……一……二……あ……ちょっとちょっとちょっと……そんなんじゃ信じらんないだろ……どっちが先だったってんだよ、そっちが先に力入れたんじゃないか、え、ほんとに……ああ、あ……こいつほんとに……

あ、あ、おお……あ！　あ！　あーもう！

3　曲がったブーム――それからさらに三十分後

まあそう言わずに一杯やんなさいよ。この酒は俺のおごりなんだから……だから初めっから、黙って渡しなさいよって、言ったじゃないですか……それ、アイフォンでしょ？　あーあ、まったく……液晶全部だめんなっちゃって……台無しだよ台無し……ちょっとあんた、泣いてんの？　ローンのことで？　買って間もない？　ほんとに困った人だね……だからさ、何で携帯で録音なんかするかな。携帯は電話するもんでしょ……

あーあ、それはともかくさ、俺も明日の仕事は台無しなんだよ、橋の上板を持ち上げるんだけどね……いいんだよこれしき……まあ、飲みましょう。何とかなるでしょ……鶏の丸焼き、頼みます？　力、出したから、すぐ腹が減るよね……もー、泣くなよ、いい大人が携帯電話のために泣くなんてさ……わ、わかったよ、わかった……二十か月のローンね……だからー、俺が酒おごってやるからさ。

混ぜて飲むんですか？　あ、そういうの飲むと俺すぐ酔っちゃうんだよね……明日運転するからなあ……おーっと、ちょっと、ゆっくり飲みなさいよゆっくり……そんなふうに飲まないでさ……いっぺん、立場逆にして考えてくださいよ。好きであんなことしたんじゃありませんよ……あのね最近の世の中って、そういうの、あるじゃないですか、何か気が許せなくて、みんな張り合ってて、殺伐としてて……他のことはどうでも、食っていけなくなるのがいちばん怖いでしょ？　俺だけ死んで終わりってわけじゃないからね……それであんなこと言ったんだよ、ね……あーもう、ゆっくり飲みなさいって……お……おっと、それサイダーだよ？　うわあ、だからってちょっと……

あのね……あの、さっき俺が話したこと……もしかしたら全部、無駄だったかもしれませんよ。あんなの小説のネタになんかなりますかね？　さっきね、さっきはちょっとあわてちゃったんだよね。事件も起きてスリルもあって、秘密もあって、そういうんだったら人も読むだろうけど……俺の話は何も起きないでしょ？　だからってプンプンとプンスニの話書くわけにもいかないし……他に探してくださいよ、他のこと……何しろそもそも、現実ってのはあんまりおもしろくないでしょ？　書くほどのこともないし……何だ？　ああ、俺だ、ギチュルか……何、大ボラ吹いてんだよ……

あのさ……俺ね……こんなことは言わないでおこうと思ってたんだけどね……つまりさっき話したことの中で……ちょっと事実とは変えたところもあるんですよね……違う違う、あの日のことじゃなくて……俺のことで……あーあ、ほんとにもう……知らない人にこんな話までするなんてまったく……さっき、俺が父とカーゴを運転してたころの話したじゃないですか。そう、加平から驪州まで一トンの米のかますを運ぶ仕事……そうです、それ……あれ、ほんとは……ははは、つまりね……あ、その通りなんですよ、俺がかっぱらったんだよね……まったくもう、こっぱずかしいな……いえね……ただね……遊びたいけど金はなしって……そういうことだったんですよ……友だちとクラブにも行ってみたいとか、一回ぐらい洋酒も飲んでみたいとか……そういう、やってみたいことってあるじゃないですか、あの年ごろって……それで友だち一人とトラック一台別に借りてさ……だからさ、ばかなんだよね……農協倉庫の人たちのこと甘く見てて、ばれないと思ってたんだな……書類みたいなのが残ることも知らなくて……ははは、遊びなんてできなかったよ。あれを友だちと国道沿いで、ボウル使ってぜーんぶ四十キロの小さいかますに分けて……あーもうほんとに、土方した方がよかったと思ったよね……笑えるでしょ……でも、それをどっか持ってって売っ払うわけにもいかなくてね。米ならすぐ金に換えられると思ってたんだけど……あーあ、これだから無知じゃだめなんだよな。友だちとずーっと生米噛みながらトラックでぐるぐる回ってさ、どっかの軍の部隊だったか、そこの正門の前にこっそり置いてきたんですよ……置いとく場所もないし、トラックも返さなくちゃいけないし……そうなんですよ、孤児院にでも持ってきゃよかったよね……

問題はね……父がね……俺には言わなかったけど……知らんぷりしててくれたんですよ……父も当然、変だと思ったんでしょ、俺がつじつま合わないこと言ってるし時間も合わないし……でも最後まで俺には何も聞かなかったんですよね……あー、畜生、こんなこと言うつもりじゃなかったのにな……違いますよ泣いてないです……何も聞かないで、ただ、先方に全額弁償してくれて……それでカーゴを処分したんですよ……そのとき俺も気づいたんだ、父ちゃん全部知ってるんだな、知ってるのに知らないふりして、それでカーゴを処分したんだなって……じゃなかったらカーゴを……うちの父ちゃんが……それで、その後四年して亡くなったんですよね……いや、その前から持病はあったんですけど……それまであのことは一度も持ち出さなかったんですよ……でも、今でも思い出しますね……あのままずっとカーゴを持ってたらどうなってたか、あんなふうに、毎日家にばっかり閉じ込もってなかったら……どうなってたかって……俺のためにあんなふうになったみたいで……ああ畜生、ほんとにもう……あの米のせいで……

あ、何、どうしたんです、飲みはじめたものを？　チキン、ずいぶん食べましたね？　もう一羽注文しますか？　いや俺ってすぐ、あれもこれも注文しちゃう癖があるんですよね……ええ、いいです、もうかなり酔ってるし……これ、ほんと久しぶりの酒なんですよ。マンションのローンの利息があるから、なかなか酒も飲めなくてね……

もっと笑える話、してあげましょうか？　実はね……もう一つあるんですよ……いや、いや、さっきちょっと、違ってたって言ったこと……米のことじゃなくて……あーもう、そっちじゃないってば……あの日じゃなくて……つまりね……何だよ、俺が龍山事件のことなんか知るかい？　そんなことは知らないんだよ……俺のことですよ……実は、何で俺がこのざまなのかって話なんですけどね……

つまりね……自動車の営業マンだったころの話です……ええ、そうです……あの話もちょっと変えて話したんだよね……違う違う、黙って聞けってことじゃなくてさ……ずーっと心に引っかかってて……ははは、そうなんですよ、せっけんね……あのきゅうりせっけんのことなんですよ……ほんとはね、恥ずかしくて配れなかったんじゃなくて……俺、あのとき、営業所、首になって……それで配れなかったんですよ……いや、そういうことじゃないんだ……成績はよくなかったけど、だからって首切られるような雰囲気じゃなかったんだよ……それに俺だって頑張ってみようと思えばこそ、きゅうりせっけんをごっそり買ったわけでね……でもそのときちょっと問題が起きて……そのころ、子どもが生まれたんだけど……あの子ら、三十二週にもならないで生まれたんですよ。二キロもない体でこの世に生まれてきたからさ……どうもこうも、すぐ保育器に入れなくちゃいけないでしょ……それなのに、最近もそうなのかなあ？　あのころはさ、保育器に入れるには別に入院費を取られたんだよね。退院までにかかる費用をあらかじめ算定していくらいくらって式に……あ、もちろん、すぐにチョンセを解約して保証金返してもらおうと思ったんだけど、それにはちょっと時間がかかるじゃないですか。新しい借り手を探して、契約するまでの時間……ちょっと待たなきゃいけないでしょ……でも待ってる時間はないし、気は焦るしで……それで……それで俺、顧客の金に手をつけちゃったんですよね……そう、会社に入った金を俺が自分の口座に回して……そうやって支払ったんですよ。うちら、中古車も扱ってたんで、インセンティブでもうちょっと割引してあげるとか、そういうことがあったりして……それでときどき、顧客の代金を自分の口座に入れることもあったんで……それに手をつけたんですよ……何日か使わせてもらってすぐ返そうと思ったんだけど……すぐには返せなくて……実はこれ、妻も知らないことなんだけどね……これのせいで後になって、警察の留置場にも何日か入ったんですよ……代理店から刑事告発されて……あ、違いますよすぐ出ました……えーと、あの、串柿配った先輩、いるでしょ？　その先輩が金を融通してくれて……そうなんです、ほんとにありがたい先輩なんです……その先輩がいなかったら運命が変わってただろうから……それで家に帰ってみると、残ったのはほんとにきゅうりせっけんだけだったんですよ……俺あのとき、一軒一軒回ってあれを売ろうかと思ったぐらいですよ……あれ持って団地の前まで行ってみたり……何度も、うろうろしては戻ってきたりしてね……あのクソせっけん……

ほんとに、情けないよね。そうでしょ？

4　私たちは何のために会ったのか——それからまた二時間後

ちょっと？　ちょっと、目、覚ましてよ。酔ったの？　いや、いや、ずっと目、閉じてっからさ……俺が誰だかわかる？　あーもう……どうしたもんかな……俺もずいぶん酔ってんだがな……おーっと、ちっく……しょう、今日だって、まるまる十二時間、運転席に座りっ放しだったんだよ、その後でここ来たのにさ……これじゃ、何しに来たかわかりゃしないよ……何であんたにこんなこと言ってんだか……

でもね……俺さ、さっきからほんとに気になってることが一個あるんだよね……いや、いや、他でもないんだけどさ……あの、龍山で起きたことだけど……こんど、お兄さんがあのことについて書くっていうんでしょ……そのために俺ら、こんな大騒ぎしてるわけだよね……だけど……それを書くって人が……どうして俺に会いに来たんです？　ギチュルの奴から事情は全部聞いたはずなのに、それでも俺に会いに来たでしょ？　だからー、俺、それ、ほんとに、変だと思うんだよ……あの日あそこにいた人たちに会うべきでしょ、あそこに行ったクレーン車の運転手にもさ。何で俺を訪ねてきたの？……俺、それがほんと気になるんすよ……そっちの方が正常なんじゃないの？　そこに行ったクレーン車の運転手に会うのが？　違います？　俺が小説のこと知らないからかな？　あー、畜生、そうじゃないんですか？　俺、このことについちゃ……言うことなんかないんだし……だからこんな、うんざりするような話に、なっちまうんだよな……

答えてよ……何で人が話してるのに、目、つぶってばっかいるんです？　俺、間違ってる？　お兄さんも……だからお兄さんもさ、俺と似たようなもんじゃないの？　あの人たちが気の毒なことは気の毒だけど、やっぱ怖いって、そういうことじゃないんですか？　え？　俺、間違ってます？　あ、ほんとにもう、こいつぅ……ちょっともう、くそ、泣くなよ！　俺がそのアイフォン、弁償してやるってば！　でもそうでしょ？　それで俺に会いに来たんでしょ？

クォン・
スンチャンと
善良な人々

僕がそのおかしな男に初めて会ったのは去年の夏、つまり空梅雨《からつゆ》が二週間以上続いていた七月初旬の木曜日、夜中の十二時ごろだった。

梅雨なんか死ねばいいのに。

僕はその夜も、住んでいる大規模マンションのそばの小さな飲み屋に座って、そんな一人言を言ったり、しきりに髪の毛をかき上げたりしながら、焼酎で割った生ビールをちびちび飲んでいた。飲み屋の窓の外にはサウナの明かりみたいな街灯が一つ立っていて、人のいない電話ボックスと、暗闇に沈んでいる道路の向こうの山が一目で見えた。道を通る人は一人も見当たらず、テーブル席四つしかないこの飲み屋にいるのは、四十代半ばの女主人とそして僕、このたった二人だけだった。壁に据えつけの扇風機がばたばたと音を立てて僕の方に頭を向けるたび、髪の毛がだんだん垂れ下がってきて、顔は酒のせいで赤くなっていた。

そのころ僕は原因不明の無気力症に陥っており、一年以上小説一編も、エッセイの切れっ端一つ書けずにいるありさまだった。それは僕にとっては不慣れな経験で、そのせいだろうか僕は妙に、腹が立っているときみたいにやたらと拳を握りしめたり、一人でいるときには机の隅や椅子のひじかけを拳でトントン打ったりし、かと思えば本当に腹が立った。なぜ腹が立つのかもわからず、そのため、腹を立てていることを周囲の人たちに気づかれないように、息を長く吸い込んではそのまま止めることをしょっちゅうくり返していた。そうやって一日過ごして家に帰ると全身に熱が上り、ひじやふくらはぎが痛かった。その状態でまた何か書いてみようとWORDを開くと、カーソルがちかちか点滅しながら画面の下に、またはモニターの外にまで、床にまでトントン落ちていくような錯視が起きた。僕は関節が全然ないゴム人形みたいに椅子にぐったりして、そのまま寝入ってしまったりした。

一度だけ、腹を立てているのが人にばれてしまったことがあった。僕はG市にある大学でもう八年、先生として働いている。七年目にあたる年に同期の講師たちと一緒に准教授に昇進し、学科の講義だけでなく学内のさまざまな委員会やタスクフォース、教授会、学生相談室の運営委員などの仕事もやっている。そういう仕事ってのはまあ、僕ぐらいの年代の教員ならだいたいが受け持つものだから、別に不満はなかった。いったいもう何やってんだかと思いながらも僕は、最近三年間の図書購入費の増減現況とか、専任教員の講義担当比率といったことをエクセルで表にまとめた。そうやってしばらくエクセルに数字を記入しているとと、いったいもう何やってんだか、みたいなことは忘れることができた。完全に数字に没頭することができた。

会議が多いので、それと同じくらい会食もよくあるのだが、その日がそうだった。その時期は政府の教育部が実施するさまざまな事業に申請書を出すために、長期休みの間じゅう会議と書類検討が続く。弁当を食べながら夜の十時まで会議をし、帰ろうとした瞬間、教務副部長が僕の腕をそっとつかんだ。イ先生、一杯やっていこうよ？　家に帰ったって誰もいないでしょ？　僕はおとなしく教務副部長に向かってうなずいた。僕の他にも若い教員二人が教務副部長の一行に加わったが、学校のそばのおでん屋の前で問題が起きた。

ここにしよう。教務副部長がまた僕の右腕をすっと引っ張ってそう言った。あのとき僕は何であんなことをしたのだろう？　僕はその場に立ちつくして、教務副部長がつかんでいる自分のひじを見おろした。そんなふうに引っ張らないでくださいよ。僕の声は低く、尖っていた。教務副部長と他の二人はめんくらった顔で僕を見ていた。僕はもうやめたかったが、うまくいかなかった。そんなふうに人を引っ張るなよ！　言葉で言えばいいでしょ、何でそんなに引っ張るんだ！　僕は教務副部長の腕を振りほどいてずかずかと進み、道路に停まっていたタクシーをつかまえて乗り込んだ。ルームミラーごしに、その場に固まったように立ちつくしている教務副部長と他の教員たちの姿が見えたが、僕はタクシーを止めなかった。握り拳でタクシーのシートを何度もトントンたたいただけだ。そして、家に戻るとまたゴム人形のように椅子に腰かけ……教務副部長に、すみません、体の調子が悪くて神経が尖っていましたとメールした。教務副部長はすぐに返信を送ってきた。イ先生がものを書く方だということをちょっと忘れていました。よくわかります。そういうこともありますよね。気にしないでくださいね。

G市で僕が住んでいるのは、学校から車で二十分ぐらい離れた築二十五年以上の国道沿いのマンションだ。大きい部屋と小さい部屋があってリビングはない、全世帯が同じ十三坪、同じ間取りで建てられたマンションだ。市のはずれにあり、バスも一時間に一台ずつしか来ないし、学校、教育機関、ショッピングモールなどもろくにないので、マンションの価格は他の地域に比べて驚くほど安かったが、全部で百五十戸のうち三十戸以上は空き部屋だということも耳にしていた。実際、マンションの正門の横にある平屋建ての小さな雑居ビル以外、周辺には他に建物がない。そのビルの向かいは山で、山を越えるとビニールハウス団地や工業団地が現れる。マンションの住民は圧倒的に高齢者が多く、駐車場には主に古いトラックやタクシー、オートバイなどが停まっていた。

僕はそのマンションを一人で借りて住んでいた。妻と子どもたちはソウルにいる。初めて僕がG市に下ってきたときからそうで、いつの間にか八年が流れていた。二週間か三週間に一度ソウルへ行き、妻と子どもたちに会い、フランチャイズのビュッフェかカニ専門店で外食をすること、そしてまた日曜日の午後に妻が荷造りしてくれた常備菜や下着、ビタミン剤などを持って、G市の古びたつつましいマンションに帰ること。原因不明の無気力症に陥った後も、僕はきちんきちんとこの習慣を守ってきた。G市からソウルへ向かう高速バスの中では、何も悪くない妻や子に八つ当たりしないですむようにと一人言を言いつづけ、またG市に戻る高速バスの中では、何も悪くない家族に向かって心の中で腹を立てていた。あげくのはてに拳でバスの座席のひじかけをトントンたたいたりしながら、腹を立てていた。

なぜ僕はこんなにもやたらと、何も悪くない人たちに腹を立てるのか？　なぜこんなに、何も悪くない人たちに腹を立てそうになるのだろう？　G市の小さなマンションの机の前に座って僕はよくそんなことを思い、そうこうするうちにマンション正門横の小さな雑居ビルの飲み屋で酒を飲む日が増えていった。そこの女主人は僕が行くたびに、何も言わなくても五百ccの生ビールを一杯と焼酎一びん、そして千ccのビールジョッキを出してくれて、僕はそのジョッキにビールと焼酎を入れて飲んだ。一人でそれを全部飲むと適当に酔いが回って、そうすると誰にも腹を立ててない状態になり、WORDを開かなくても寝られた。僕がそのおかしな男に会ったのはつまり、まさにそのような日々の中の一日だったのだ。

ちょっとふらつきながらトイレに行って戻ってくると、窓ぎわのテーブルに見かけない男が一人座っていた。八年も住んでいるおかげかもしれないが、僕はこのマンションに住むほとんどの人を知っていた。名前や職業までは知らないが、顔は全部見分けがついた。僕はその飲み屋で、前職が区役所の公務員だった六十代半ばの自治会長とも飲んだことがあるし、管理所長や、警備を委託している会社の社長とも目礼を交わしたことがある。飲み屋の右隣にある「イイネスーパー」の社長とは、店の外に置かれたビーチパラソルの下に座ってタバコを分け合って吸ったことがあるし、いちごのビニールハウス団地で働いている四〇二号室の男性とは、飲み屋の左隣の「ラン・ヘアサロン」で一緒に髪を切ってもらったことがある。彼らは一様に親切で、僕に無理な頼みごとをすることもなかったし、みんな僕を「教授」と呼んでくれた。

だからその男がマンションの入居者でないことは明らかだった。僕は座ったまま、飲み屋の女主人に向かって、口の動きだけで「だれ?」と尋ねてみたが、彼女はちょっと肩をすくめただけだった。僕はまたジョッキに入れた酒を飲みながら、男の後ろ姿と、窓に映ったその顔をときどき盗み見ていた。パーマをかけているのか、もともと縮れ毛なのかわからないもじゃもじゃの髪の毛と、ぐっと突き出した頬骨、そして季節はずれの黒いスーツ。頭がひどく大きく見えると思ったが、よくよく見るとそれは肩幅がとても狭く、背中が曲がっているせいだった。飲み屋の照明のせいか、酔っているせいかはわからないが、僕に背を向けて静かに生ビールを飲んでいる男は、ちょっとぼやけて見えた。こんな表現はちょっと何だが……当時、男を見たときに僕の頭に浮かんだイメージは、「埃のかたまり」だった。長い間掃除をしなかったせいで、部屋の隅で髪の毛と一体化して球になっている「埃のかたまり」。糸でも紡げそうな「埃のかたまり」。僕はそれがちょっと不思議だった。なぜ人が人に見えず、ガラス窓の内側から貼りつけたポスターとか、力なく舞い散る雪みたいに見えるのか？あの男の何が、そんなものを連想させるのだろう？

ともあれ僕はまたうつむいて、残った酒を全部飲み、間もなく精算して飲み屋の外へ出た。飲み屋の女主人のことがちょっと心配だったが、別に危険はなさそうに見えた。カードの伝票にサインをするときもう一度そっと見てみると、男はなぜかひどく怯えたような表情をしている。何というか、特定の対象に対して怯えているのではない、もともとそういう状態だったのが表情になってしまったような顔。そのせいかどうかはわからないが、僕は飲み屋の外に出た瞬間すぐにその男のことを忘れ、彼の足元に置いてあった大きな旅行用リュックをついぞ見もしなかった。そして、後に僕がその男の胸ぐらをつかんで揺さぶるほど腹を立てるなどとは、まるで予想さえできなかった。もっとも、僕がなぜそんなことを予想できたわけがあるだろう。舞い散る雪片を握りしめて腹を立てることになるなんて、誰が予想できただろう。

それが、僕とクォン・スンチャン氏の初めての出会いだった。

＊

翌日の午前中、僕は車で出勤するときまたその男に会った。マンション正門の横のバス停留所に並んでいた人々がいっせいに出てきて、道路の向かいの、山との境目の鉄条網の方を見ているのが見えた。正門の警備員も外に出て、腕組みをしてそっちを見ている。何だろう？　僕は車のスピードをゆっくり落としながら窓を開けた。燃えるような七月の空気が車の中にもわっと押し寄せてきた。工業団地から出てくる、ちょっと生臭いような飼料の匂いも混じって入ってきた。

そこ、山が始まる空き地の前には松の木が二本生えており、その木を柱に見立てて青いテントが屋根のように張られていた。そしてその下に、一人の男が敷物を広げて黙って座っていた。男は声明文二枚を貼った板を持っており、一枚は字が小さすぎてよく見えなかったが、もう一枚ははっきりと読み取れた。

一〇三棟五〇二号室のキム・ソンマン氏は私が振り込んだ七百万ウォンを返してくださ

い！

赤いマジックで大きめに書かれたその字を読んでから、僕は男の顔をもう一度眺めた。確かに昨夜飲み屋で会ったあの男だった。もじゃもじゃの髪の毛も、黒いスーツもそのままだった。男は人々に向かって声明文を高く掲げることもせず、マンションの方を見もせずに、ただ黙って下を向いて座っているだけだった。敷物の端には、男のものと思われる黒いスニーカーが一足、きちんと置かれていた。

僕は窓を閉めてまた車を走らせた。正門の警備員が僕の車を見てあいさつし、僕もぺこっと頭を下げた。人をつるし上げに来てたのか。僕はハンドル操作をしながらそう思った。何だ、じゃあ昨日からあそこにあんなふうに座ってたのか？　五〇二号室？　五〇二号室に誰が住んでるんだろう？　あんなことして意味があるのかな？　直接会って談判すればいいのに。僕はスピードを上げながらそんなことを思ったが、思いはすぐにまた、今日作成すべき書類や学科の就職率などのことへ移っていった。七百万ウォンだろうと千七百万ウォンだろうと、他人と他人の間に起きたことだ。僕が干渉するようなことでもないし、干渉できるわけもない。ただ、誰だか知らない人をつるし上げているのを一度見たというだけ。そのうちやめるだろう。僕はそう思った。僕は学校に着くとインターネットで、死んだ子どものお父さんがハンストを始めたという記事と、教育部が大学の構造改革ロードマップを発表したという記事を順に読み、教務部と人材開発センターの課長と長電話した。そんなことをしていて、気づくともうお昼になっており、朝見た男のことは自然と忘れていた。

しかし、そのうちやめるだろうという僕の予想とは異なり、男は来る日も来る日もずっとそこに座っていた。その間に、青いテントのまわりの四方にカーテンのように薄いビニールが取りつけられ、敷物の上にはウレタンフォーム二枚がさらに重ねられた。夜になるとビニールをおろして、ウレタンフォームの上に寝袋を敷いて寝ているらしい。そしてまた朝になるとビニールをくるくる巻き上げて、板に貼った声明文を自分のひざの前に立てるのだ。男は相変わらず無言で、マンション内に入ってくることもなく、マンションに入っていく人をつかまえて声をかけることもなかった。彼はただ静かに、そこに座っているだけだった。

その何日かの間に僕は、「イイネスーパー」の社長からその男についてもう少し詳しく聞くことになった。あの人ねえ、ちょっと気の毒な事情があるんですよ。「イイネスーパー」の社長は僕をビーチパラソルの下の椅子に座らせてジュースを注いでくれて、話を続けた。あの人、小さいときから両親と離れて、苦労して暮らしてきたらしいんだけど、しばらく前までは仁川《インチョン》にある何とかいう洗車場で働いてたんですって。だけど、あの人のお母さんだっていう人が何か月か前に突然訪ねてきて、借金を作っちゃったからちょっと助けてくれって、返済先の口座番号を置いて帰ったらしいんです。調べてみたらお母さんって人が、闇金を借りたらしくて……どじょう専門店の厨房で働いてたとか言ってたな。ともかく、そこで働いてたんだけど関節炎で辞めて、よく考えもしないで闇金借りちゃったみたいでね。最初二百万ウォン借りたのがすぐに四百万ウォンになって、六百万ウォンになって、七百万ウォンまで行ったらしい。そこまで行ってどっと怖くなったんでしょう。それで仕方なく、ずっと前から行き来のなかった息子を訪ねていったらしいけど……あの人も、さっとお金を出したわけじゃなかったみたいですよ。それだけのお金をすぐに準備するのも大変だっただろうし、そもそも、お母さんに会わなくたってよかったはずですよね？　だって、寂しい思いとか恨みつらみとか、あっても当然でしょ？　どう見たって、何もしてくれなかったお母さんなのに、急に会いに来て助けてくれだなんて……それでもあの人、とにかく何か月か後に、その口座にお金、振り込んだらしいんです。よけいなことは言わず、七百万ウォン全額。

「イイネスーパー」の社長は、話の山場でちょっと言葉を切った。いつからか「ラン・ヘアサロン」の女性オーナーも僕らのそばに来て座っていた。セミが鳴き、小バエの多い夏の夜だった。

それが、ここからがもっと気の毒な話でね……そのうちにお母さん自身もお金を返したっていうんですよ。住んでた部屋のチョンセの保証金も取り崩して、あっちこっちの知り合いからちょっとずつ用立ててもらって……それで、返済した後すぐに亡くなったんですって。あの人はそうだとは言わないけど、どうも自殺らしくてね……だから結果的に、闇金業者にはお金が二回入ったんですね。あの人から一度、お母さんから一度……あの人、しばらく前に、延ばし延ばしにしていたお母さんの葬式を出すと、すぐにこっちに来たらしいですよ。

それをあの人が全部話したんですか？

僕は、道の向かいにいる男をそっともう一度見ながら「イイネスーパー」の社長に聞いた。

まあだいたいそんな感じらしい、ってことですよ。ここに住んでる高齢者の方たちが一人二人、通るときに声かけて聞いてみたら、ほぼほぼそんなことらしいって。

ところでキム・ソンマンって誰？　五〇二号室？　五〇二号室にそんな人住んでた？

「ラン・ヘアサロン」の女性オーナーが尋ねた。

住んでるもんか。うちのマンションに闇金やってる人なんかいないよ。ほらあの、乳母車押して歩いてるおばあちゃんいるだろ……あのおばあちゃんの息子なんだって。その息子が、住所をこっちにしてるらしくて。

乳母車のおばあちゃんなら僕も顔を知っていた。朝方、新聞が来る時間になると必ず乳母車につかまって工業団地へ紙くずを拾いに行くおばあちゃん、目尻から耳たぶの近くまでしみが広がっているおばあちゃん。

えー、だったらあのおばあちゃん。乳母車なしにはちゃんと歩けない、太ったおばあちゃん。でも、お金が二回も振り込まれたことまで知らんぷりはしないんじゃないの？　いくら闇金業者「ラン・ヘアサロン」の女性オーナーの言葉に、「イイネスーパー」の社長はタバコをくわえながら答えた。

管理所長が言ってたけど、おばあちゃんも息子の連絡先を知らないんだそうですよ。四年ぐらい前だったかな、正月にちょっと顔を見せてから、全然顔を出しもしなかったんだって。刑務所に行ってたって話もあるし、警察に追われてるって話も……あーあ、とにかくこんなかわいそうな話もないね。あの人も気の毒だけど乳母車のおばあちゃんもかわいそうで……あの人がこんなことやり出してからはおばあちゃん、外に出てもきませんよ。紙くず拾わないとまともに暮らせない人なのに……

僕は「イイネスーパー」の社長の話を聞き終わっても、特に何も言わなかった。タバコのフィルターを何度か、ビーチパラソルのテーブルにトントンと打ちつけ、ビニール袋に入れたミネラルウォーターと歯磨きを持ってそっと家に帰ってきた。帰宅後はラーメンを作って食べ、新聞を広げて足の爪を切り、ソウルにいる子どもらに短い電話もした。とても蒸し暑い日で、エアコンをつけようかと思ったがやめてシャワーを浴びるだけにした。シャワーを浴びながら僕は、あの男のことを考えた。スーツのジャケットぐらい脱げばいいのに。全部わかったからさ、そろそろ脱ぎなよ。僕は髪にシャンプーをつけて泡立てながらそうつぶやいた。あの人は、お母さんの代わりに七百万ウォンを振り込むまで、どんな時間を過ごしてたんだろう？　金を振り込んだ後、どうしてすぐお母さんに電話しなかったんだろう？　彼は金のことより、いきなり降りかかってきた自責の念に耐えられなくてああやってるのだろう、どうすることもできないのだろう、ああやって時間をつぶすしかないのだろうと僕は思った。

シャワーを終えた後、僕はまたＷＯＲＤを開いてコンピュータデスクの前に座っていたが、まだ三十分も経たないうちにサンダルを引きずってとぼとぼと飲み屋に歩いていった。男はずっとそこに座っていたが、僕はできるだけそっちを見ないように努めた。とぼとぼと歩いていくと、「イイネスーパー」の日よけの下に設置された蛍光色の殺虫灯から騒音が聞こえてきた。雨の降らない夏の夜は、ひたすら蒸し暑かった。

＊

七月が過ぎて八月中旬になっても、男はその場に座りつづけていた。それまでにスーツを脱いで白い綿のTシャツとベージュの七分ズボンに着替えたのが、せいぜい変化といえば変化だった。男は暇々にいちごのビニールハウス団地の近くにある湧き水の水汲み場まで水を汲みに行くこともあったし、時間になるとマンションを背にして座り、カセットコンロで飯を炊いたりラーメンを作ったりして食べていた。そしてまたマンションに向かい、声明文の板を持って座るのだ。男の顔はちょっと日に焼け、そのせいか頬骨がさらに目立った。

光復節［八月十五日］の翌日だった。朝、外に出てみると男もテントも消えていた。それで僕は、ああ、やっと全部終わったんだな、あの人も疲れたんだろうと思った。だが午後にタバコを買いに出てみると、またテントが張られ、男が座っているのが目に入ってきた。あの人、就職もしたんですってよ。「イイネスーパー」の社長があごで彼の方を指しながら言った。うちの団地に住んでる警備員派遣会社の社長が、あっちの鳳仙洞《ポンソンドン》のマンションの地下駐車場の清掃の仕事を紹介してやったらしいですよ。月水金の午前中だけ働いてひと月五十万ウォンって条件で。僕は、そうなんですね？　よかったですね、と短く答えた。だけどあの人、おかしいのはさ、出勤するたびにあのテント全部たたんで持ってって、帰ってくるとまた張るんですよね。引っ越してったと思うとまた戻ってきて、それをくり返してる人みたい。僕は黙ってうなずいた。あのウレタンの敷物は？　あれを持って出るのは大変でしょうに。それはあそこの警備員のおじさんに預けてるみたいですよ。あのおじさんが、キムチなんかも何度か持ってってやったみたい。

一度、飲み屋に行ったとき、マンションの自治会長と警備員派遣会社の社長、管理所長と一緒に座っている彼を見たこともある。みんなは僕が飲み屋に入ってくるのを見るとあいさつし、教授もこっち来て座りなさいと勧めてくれた。僕は彼らにそっと頭を下げて、その後ろのテーブルに一人で座った。飲み屋の女主人はすぐに生ビールと焼酎を持ってきた。クォン・スンチャンさん、私たち、悪気があってこんなこと言ってるわけじゃ絶対ありません。誤解しないでもらえるといいんですがね。ここにいる人たちはみんな同じ気持ちですよ。

自治会長の太く、低い声が、薄い板でできたテーブルのついたて越しにはっきり聞こえてきた。そして僕は男の名前がクォン・スンチャンであることを初めて知った。

クォン・スンチャンさんにお気の毒な事情があることもよく知ってるし、趣旨もよくわかります。けど、ここであんなことしてて解決するわけじゃないでしょう？

もう知ってるでしょうけど、五〇二号室にはその人はいないんですよ。かわいそうなおばあさんが一人で住んでるだけ。

自治会長と警備員派遣会社の社長、管理所長が順にそう言ったが、男はだんまりを決め込んでいた。飲み屋の女性オーナーがパントマイムの俳優みたいに、男の方を指しながらもどかしそうに胸をトントンたたくまねをしたので、僕も一度、同意をこめて笑ってみせた。

あっちの管理所長が、クォン・スンチャンさんのことすごくほめてましたよ。まじめだし、仕事も上手だって。

クォン・スンチャンさんのせいで私たちが困ってるわけでは全然ないですよ。あなたは私たちに何の被害も与えていませんからね。これはほんとに純粋に、クォン・スンチャンさん個人のために申し上げてるんです。

自治会長はそう言って、キム・ソンマンという人が現れたら自分が責任を持って必ず彼に連絡する、それでも安心できないなら自分の電話番号を教えてもいい、だからあそこであんなことをやってないで、住むところを探すなり、仁川に戻るなりしたらどうかと提案した。

ここに住んでいる人たちはみんな、どこから見たって裕福ではないけど……でも、みんないい人たちですよ。あっちの一〇二棟の二〇三号室に、一人で住んでるおじいさんがいらっしゃるんだけど、その方が、そんな事情なら当分、自分のところの小さい方の部屋を貸してあげるからそこで暮らしなさいって。いくら若くてもあんなところで寝てたら大変なことになるから、必ずそう伝えてくれっておっしゃってるんですよ。ここの人たちはみんな同じ気持ちですよ。

僕はこれ以上、ここにただ座って酒を飲んでいてはいけないような気がした。あの男のためではなく、自治会長や管理所長、警備員派遣会社の社長のためにだ。だが財布を持って立ち上がると、管理所長が僕を見て声をかけてきた。

教授も一言言ってくださいよ。

僕はテーブルの前でどっちつかずの中腰になって、いえいえ私は……と言いながら頭をかいた。その瞬間、あの男、クォン・スンチャン氏という人と一瞬目が合った。彼はまるで罪人のように、しかし自分が犯した罪が何なのかわからない人のように、両目をしばたたかせながら管理所長の横に座っていた。僕は本当に言うべきことがなかった。僕より、自治会長や管理所長、警備員派遣会社の社長の言葉の方が、彼には助けになるだろうと思われた。僕も彼を気の毒だと思ってはいたが、だからといってマンションの小さい部屋を提供したり、職場を見つけてあげるほどの誠意を持ち合わせてはいない。気の毒だがめんどくさい。それがあのときの僕の正直な気持ちだった。僕は彼らにもう一度頭を下げて、飲み屋を出た。

＊

書かなくてもいいし、書いたからってどうってこともない彼とのエピソードを一つここに記しておくなら……二学期が始まって間もないころだが、クォン・スンチャン氏と僕の二人だけで飲み屋で酒を飲んだことが一度だけあった。

学生たちと飲んだ後、タクシーに乗って帰ってくると、マンションの正門を入ったばかりの僕を彼が呼び止めた。

あの……教授でいらっしゃいますよね？

彼は裸足にスニーカーをはいて、道路を走って渡ってきた。いつも座ったところばかり見ていたのでよくわからなかったが、彼は右足をちょっと引きずっていた。手にはＡ４の用紙を二枚持っていた。

すみませんが……これをちょっと見ていただけませんか……

男は、僕に紙を差し出しながらそう言った。男の声は細い鉄線が鳴るようにかぼそく、体からは饐《す》えた匂いがした。紙には、彼が声明文に書こうとしている内容が記されていた。二〇一四年六月三日、ハナ銀行のクォン・スンチャン名義の口座から金七百万ウォンを国民銀行のキム・ソンマン名義の口座に振り込み、また六月二十五日に、クォン・スンチャンの母親キム・ボクスンの農協の口座から金七百万ウォンを国民銀行のキム・ソンマン名義の口座に再び振り込み……

僕は紙に書かれた文章を街灯の明かりに頼って読み下していったが、それをやめて男に尋ねた。

でも、これをどうして私に？

ええと……字が間違ってないかちょっと見ていただければと思って……間違いがあってはいけないし、正確でないと困るので……

僕は黙って男の顔を見て、彼を連れて飲み屋へ入った。そして、かばんから赤いサインペンを取り出し、男の文章を一つ一つ直してやった。少し酔いが回ったが、僕は気持ちを集中させようと努力した。

文章を全部直し終わると、焼酎一本を生ビール一杯で割って、男と分けて飲んだ。僕は、自治会長や他の人たちが言っていたことを蒸し返しはしなかった。僕らは黙ってただ酒を飲んだだけだ。その日二度目の酒だった僕はあるときからぼうっとしてきたが、それでなおさら、他の話を持ち出すことができなかった。ただ、男と一緒に飲み屋を出た後、マンションの正門入り口に立ってこんな話をしたことだけがぼんやりと残っている。

しびれますか？

僕は体をちゃんと支えることもできないまま、男に聞いた。

はい？

その足、ずっと座っててしびれたんですか。

あ、これ、違います……もともとちょっと引きずってるんです。子どものころ、けがして。

どうしてまたそんなことに？

いえ……小さいとき裏山で遊んでて落っこちて……そのとき、骨に異常が起きたんですけど、父が信じてくれなくてですね。いくら痛いと言っても……それで二か月ぐらい経ったらこうなったんです。

お母さんは？　お母さんにも言ったんですか……

そのときは母は亡くなってたんで……

え？　何ですって？　今、お母さんのお金を取り返そうとしてこんなことしてるんじゃないんですか？

そうですよ……継母の……

＊

秋夕《チュソク》［旧暦の八月十五日の中秋節。一年で最も重要な祭礼の日で公休日になる］の連休が終わって十月に入っても、男はずっとその場に座りつづけていた。

残暑とはいえ、朝夕には肌寒さが感じられ、ボイラーを室温で稼働させ、あたたかいコーヒーを手にする日が増えていく、そんな季節に入っていた。午後には黄砂混じりの風が吹いてくることが多く、そんな日には男のテントのビニールの端にずっしりした石ころが、前面、後面ときちんと置かれていることもあった。風はビニールが、寒さはウレタンフォームが防いでくれるとはいえ、街路樹の葉っぱがまばらになり、空が高くなるにつれ、彼のテントを眺めているとだんだん気が重くなってきた。あたたかい汁物を食べるときや熱いシャワーを浴びるとき、やめようと思ってもひとりでに男のことを思い出す。小さいとき飼っていた猫が家出した記憶が改めてよみがえったりもし、軍隊時代の酷寒期訓練中に見た銀河や氷結した川のことなどがごちゃごちゃになって、脈絡なく思い出されもした。肋骨の上を細かいじゃりがころころ転がっているような気分にもなった。

そんな気分は僕一人のものではなかったのか、十月の最初の週にはマンションのエレベーターの横の掲示板に、特別募金を行うという案内文が貼り出された。気の毒なことになっている五〇二号室のおばあさんと、マンション正門の向かいの男のために小さな親切を集めましょうという趣旨の案内文だった。自治会長の名義で作成されたその案内文には、今年はこれをもって年末恒例の助け合い募金に代えるということも書いてあった。案内文が貼り出された三日後には、班長会議を行うというお知らせがその隣に掲げられ、それからまた二日が過ぎると、班長が各戸を回って募金を徴収した。一万ウォンずつ出すことになっていたが、僕は十万ウォン出した。班長は僕のお金を受け取りながら、自分も実は五万ウォン出したと小鼻をしかめて言った。

すぐに集まりそうだった七百万ウォンはしかし、簡単には集まらない様子だった。「イイネスーパー」に寄るたびに、僕は社長から、今いくら集まっていて、不足額はいくらだ、水汲み場に出入りしている四つ角の薬局の薬剤師が百万ウォンをあっさり出した、区会議員や区役所の職員たちもいくらか出したらしい、自治会長はあちこち飛び回って頑張っているらしい、といった話を聞くことができたが……そのせいかもしれないが、前のように気軽に飲み屋に出かけづらくなった。一人で飲んでいると何となく悪いことをしているような気になり、不人情な人間になったような気まずさがずーっと頭の中をぐるぐる回るのだ。僕は何度も飲み屋へおりていこうとしてはその気持ちを抑え、家で缶ビールを飲んだり、または何も飲まなかった。飲まずにいられた。

そのおかげかどうかわからないが、僕はWORDに少しずつ何かを書いていくことができるようになった。無気力症は相変わらずで、知らないうちに拳を握りしめていることも一度や二度ではなかったが、それでもそのたび息を長く吐き出して、文章を書いてみようと努力した。話を思いつくと、筋が通っていようがいまいがポストイットに書きつけ、とにもかくにもコンピュータデスクの後ろの壁面に、魚の鱗のように長く並べて貼りつけた。学校でも家庭でも、僕の様子に特に異常はないじゃないか。小説さえ書ければ、文章と文章をつなぐことさえできれば、何もかも無事にやっていけそうだった。気持ちよく突破していけそうだった。

何が間違っていたのかもわからないまま、僕はそうやって、そんな自分の居場所を守るために無理に頑張っていたのだ。

＊

七百万ウォンが集まったのは、十一月初旬のことだった。

募金を渡す前日、僕は「イイネスーパー」にラーメンを買いに行き、そこに集まっていた自治会長ほか大勢の人に会った。

最後の最後に、五〇二号室のおばあさんが四十七万ウォン出したんですって。それで七百十万ウォンになって、目標額を少し超えたんです。

「イイネスーパー」の社長が僕に耳打ちして、そう教えてくれた。

さて、それじゃこのお金をどうやって渡しましょうか？

自治会長がみんなの方をずーっと見わたしながら言った。僕はラーメンを選ぶふりをしながら窓の向こうのクォン・スンチャン氏をちらっと見た。最初ここに来たときに見た黒いスーツの上に新たに黄緑色のウインドブレーカーを重ね着した彼は、自分の脇腹を拳でトントンたたきながら、相変わらずそこに座っていた。長いあくびをすることもあったし、声明文を貼った板をまっすぐに立て直したりもしていた。

私、地方紙の記者を一人知ってるんですけど、明日、呼びましょうか？

誰かがそう言うと、自治会長が手を振って打ち消した。

丁重にやりましょうよ、丁重に。正確にいえばこれは、あの人を助けるためじゃなく、五〇二号室のおばあさんを助けるためなんです。あの人は受け取るべき金を受け取るってことで。

自治会長が言うと、誰も異議申し立てをしなかった。僕もまた彼の言う通りだと思った。

あーあ、でもあの人にはずいぶん情が移っちゃった……何をしたわけでもないけど、何か月か毎日毎日、顔を見てあいさつしてるとねえ……

でも、初霜が降りる前にこうなって、ほんとによかったですよ。ああやってて冬になったら大変でしょ。

五〇二号室のおばあさんは出てこられないようだから、私たちが直接届けることにしましょうよ。別に手続きが必要なわけでもないでしょ?

僕はそこまで聞いて、「イイネスーパー」を出た。すぐに家に帰ろうとしたがやめて、立ち止まって振り向き、男を一度見た。男は声明文を両手で抱えたまま、こっくりこっくり居眠りしていた。男はこの後どこへ行くことになるのだろうか? 仁川に帰るのだろう。僕は、仁川にある彼の住みかが今も無事に残っているようにと願ってみた。僕が彼のためにできることはそこまでだと思った。


後に、飲み屋の女主人から聞いたところによると、翌日、あの男、クォン・スンチャン氏が取った行動は、五万ウォン紙幣で七百万ウォンを心をこめて封筒に入れて持っていった住民たちを当惑させるに十分なものだったという。

自治会長は他に、旅費として二十万ウォンを入れた封筒も持っていき、新聞記者は呼ばなかったが、「イイネスーパー」の社長がスマートフォンでその全過程を動画に収め、みんなが一人ひとり男と握手をして拍手をし、気持ちよくテント解体を手伝ってあげるつもりだったのだが……

だが、男は人々のそうした善意のすべてを拒否した。

私はこのお金を受け取れません。

男はそう言ってまた声明文の板をつかむと、元いた場所に座った。

ちょっと、クォン・スンチャンさん、これは私らがただ、五〇二号室のおばあさんの代わりに持ってきたものですよ。ここには五〇二号室のおばあさんのお金も含まれてるんです。

自治会長がそう言ったが、男は頑として譲らなかった。

私はもともと、あのおばあさんからお金をもらおうとは思っていませんでした。私はキム・ソンマン氏に会いに来たんです。その人に直接会って解決するために……

集まっていた人たちがため息をつき、何度かけんか腰のやりとりが行き来したが、男は意志を曲げなかった。彼は、何でもないというように平然とウレタンフォームの上にたまった砂を手のひらで払い落としたりした。

もう行きましょう！　こんなふうに人の誠意をばかにして……

誰かがそう叫び、人々は一人、二人と正門の方へまた戻ってきた。それが、僕が聞いたその日のてんまつのすべてだった。

マンションには、彼が七百万ウォンの利子をもらおうとしているという噂が出回りはじめた。

＊

その日以後、自治会長は僕を二度訪ねてきた。区役所の係長を最後に定年退職したというこの人は、一昨年ガンで妻を亡くした。息子が二人おり、今は二人ともソウルの会社に勤めていると聞いた。

自治会長は僕が書斎に使っている部屋のまん中にあぐらをかいて座り、しばらく、親指と人差し指で自分の眉間を押しながら黙っていた。僕は彼が口を開くまで何も言わずに待ってあげた。

私たち、何か悪いことしたんですかね？

彼がちょっと低い声で僕に尋ねた。僕は、そんなことはない、会長が大変な努力をされたことはよくわかっていると言ってあげた。実際、僕はほんとにそう思っていた。僕は彼の善意を疑っていなかったし、だから彼の苦々しさや空しさも理解できた。いくら考えてみても自治会長に過ちはないと思われた。そうに決まっている。

みんなだんだん、あの人のことを悪く考えるようになってきたんです。前はそうじゃなかったのに……

僕は、自治会長の言葉に黙ってうなずいてあげた。

教授のご意見は違います？

そんな……私も同じですよ、ええ……

これからもっと寒くなるのに……あんなことしてて事故でも起きないか、心配です。

ええ、そうですよね……

自治会長はしばらく間を置いた。そこまで来て僕は、彼が僕に会いに来た本当の理由に見当がついた。自治会長はその予想通り、僕に言った。

あのー、教授がクォン・スンチャン氏に一度お会いになるというのはどうでしょう？まだあのお金もこっちにあるし……

私がですか？　私が会ったたって別に……

でも、やるだけやってみましょうよ。教授も説得して、私も説得して、管理所長も会いに行くと、そういうふうにするしかないんじゃないでしょうか？

僕はしばらく黙って、床に指で意味のない絵を描いた。僕は、自治会長も、種類は違うが僕のような無気力症を患っているのではないかと、そんなことをちょっと思ってみたりした。

僕は彼に、努力してみると言って会話を終えた。

自治会長の言葉のせいかどうかはわからないが、僕は仕事から帰ってくるたびに、彼に会いに行かなくてはという気の重さに悩んだ。車からおりてすぐに家に帰ってはいけないような、どこかでみんなが、僕がクォン・スンチャン氏に会いに行くのを見ているような、僕の足がどっちへ向くか見守っているような、そんな思いがずっとつきまとった。実際僕は、車をおりてすぐには家に帰らず、何度かマンションの正門の方まで歩いていったこともある。だが、そこから先には進めなかった。彼を説得する自信もなかったが、なぜ僕が彼を説得するために努力しなくてはならないのか、その理由がわからない。理由のわからないことに悩んで神経を遣うなんて、また無気力症に陥ったり、腹が立ってきそうな気がする。僕はマンションの正門の横に拳を握ってしばらく立ちつくしては、上体をこっくりこっくりさせながら座っている彼を理由もなく見て、黙って家に帰ることをくり返した。

そして……僕はまた飲み屋に行くようになった。何の気がねもなく。

＊

十二月に入って以降、彼のテントは区役所の公務員によって三度撤去された。誰かが通報したらしいと、「イイネスーパー」の社長が教えてくれた。

ただ黙って見てたそうですよ。

区役所の公務員が、松の木にゆわえてあった紐を切り、地面に敷かれたウレタンフォームを半分に切ってトラックに積んでいるときも、彼はおとなしく隅っこに立っているだけだったという。公務員たちが去った後もしばらくの間、声明文を持ってぼんやり歩道の敷石の端っこに座っていた彼は、二日、三日とその場を離れることもあった。そしてまた現れるとテントを張り、ウレタンフォームを敷き、声明文を持って座り込んだ。「イイネスーパー」の社長の話によると、月水金の午前中だけ出ていた地下駐車場の清掃の仕事も、半月ほど前に辞めたらしいという。

三度目に撤去された後、彼はもうテントを張らなかった。その代わりどこかから釣り用の折りたたみ椅子を探してきて、ただ静かにそこに座っていた。声明文の板はいつものように彼のひざの前に立ててあった。そして夜は……段ボール箱をごちゃごちゃにつなぎ合わせて真四角にしたものに入って寝た。下には何を敷いていたのか知るよしもないが、彼は確かにその中に入って寝ていた。棺桶のような箱の中で……下には、同じような段ボール箱が敷いてあったんだろう……その上に寝袋を敷いて寝たんだろう……マンションの全住民が息を殺して、彼の行動の一つ一つを盗み見ている様子だったが、みんな互いにそんな話はしなかった。そんな気配をほのめかしもしなかった。

G市に初雪が降った日、僕は飲み屋で酒を飲み、衝動的にドアを開けて出ると道路を渡った。雪のせいだったのかあたりは明るく、街灯の明かりはいっそうぼやけて見えた。雪の積もった山との境目がはっきりわかり、山の向こうの遠くの工業団地の煙突から白い煙が立ち上るのが目に入ってきた。力なく舞い散る雪片たち、地面に降り積む雪片たち。僕はそれらを踏んで彼のところに近づいていった。黄緑色のウインドブレーカーのフードをかぶり、両手に軍手をして声明文の板を持っている男。釣り用の折りたたみ椅子に座った彼の後ろには、違う大きさの段ボール箱が何個もたたんできっちりと置いてあった。そしてそのすぐ横には、大きな業務用食用油の空き缶が置いてあり、何か燃やしたようにひどくすすけていた。

男はすっかり肩をすくめていたが、僕をそっと見た。

お母さんのためにこんなことを？

僕はジャンパーのポケットに手を入れたままそう言った。

お母さんが、あなたのせいで死んだと思って、それでですか！

男は僕をじっと見ていたが、視線をそらしてまたうつむいた。

違いますよ……母が私のせいで死ぬなんて……

男がここまで言ったとき、僕はジャンパーのポケットから手を出して彼の胸ぐらをつかんだ。

違うって、何が違うんだ！　そうなんだろ！　自分が出遅れたせいだと思ってんだろ！

胸もとをつかまれた彼は中腰になって立ち上がり、そのはずみで釣り用の折りたたみ椅子が後ろにひっくり返った。

違いますよ……金が六百万ウォンしかなかったから……あと二か月働かなきゃいけなくて……ああなったんです……

男がそこまで言ったとき、僕は彼の胸もとをつかんでいた手を離した。僕は男の話をちゃんと聞いてもいなかった。

何も悪いことしてない人たちを、困らせないでくださいよ！　何も悪くない人を困らせるなって！

僕はよろよろと後ずさりする彼に向かってそう言うと、また道路を渡ってマンションの正門の方へ歩いていった。飲み屋の女主人が開いたドアの前に立ち、僕とクォン・スンチャン氏をじっと見ていた。

＊

そこまでだった。

彼はそれから三日間、そこに座りつづけていた。

四日目の午前中、「G市ホームレスセンター」というロゴが書かれたワゴン車がマンションの正門の向かいに停まり、屈強な青年二人がおりてきた。彼らは何も言わずにクォン・スンチャン氏の腕を両側からつかんで立たせた。それでおしまいだった。

歯をカチカチカチって震わせながら、連れていかれましたよ。何の抵抗もしないで。

僕は「イイネスーパー」の社長の言葉を黙って聞くだけだった。誰がその人たちを呼んだのか、僕はだいたいわかる気がした。しかしそんな想像については一言も言わなかった。ただ、「イイネスーパー」のガラス窓ごしに、道路の向かいの、彼が五か月近く座っていた場所をぼんやりと見るだけだった。釣り用の折りたたみ椅子と声明文の板、きっちりと積んであった段ボール箱はどこへ行ったかわからず、すすけた業務用食用油の缶だけが寂しく転がっていた。

そもそも僕は、彼のことを書くつもりはなかった。いや、初めは書こうと思っていたが、途中でもうやめようと考え直したのだ。彼についてはとうてい書ける自信がなかったからだ。だが僕は今ここに、彼の話を書いた。それは、先々週の金曜日にマンションの駐車場である人を見たためである。

＊

大学から帰ってきて車を停め、一〇二棟の出入り口の方へ歩いていくと、見かけない黒い車が一台、僕の横を通り過ぎていった。このマンションでは見たことのないクーペ形の外車だった。僕はしばらく立ち止まって、その車が駐車するのを見守った。車からおりた人は僕と同年代の男性で、ぴったりしたジーンズに黒い革ジャンを着ていた。革ジャンの襟の部分には白いファーがついており、ジャンパーの中には赤のストライプのTシャツを着ていた。出っ張ったおなかのラインがそのまま見え、手には紙袋を持っていた。男は黙って立っている僕をさっと一瞥すると、そのまま一〇三号棟の出入り口へ向かって歩いていった。僕はその後ろ姿を見、誰に会いに来たのかな、うちのマンションにもあんな車に乗った人が訪ねてくるんだなあと思いながら一〇二号棟の方へ歩いていった。そして何歩か歩いてからまた振り返り、彼が入っていった一〇三号棟の方を見た。あれか！　あの人か！　僕は息を止めたまま、一〇三号棟の五階の廊下を見つめた。ちょうど五階でエレベーターが止まったらしく、廊下に一つ、二つと明かりがつきはじめた。僕はその明かりをにらみながら、しばらくそこに立っていた。

そして今ここに、その話を書きはじめた。僕らがなぜ、何も悪くない人に腹を立てるのかについて。

私を嫌悪
することになる
パク・
チャンスへ

これは私の供述書だ。

＊

私は今、光化門《クァンファムン》にあるソウル地方警察庁七階の取り調べ室に一人で座っている。取り調べ室とはいっても、まるでどこかの中小企業の会議室みたいにすっきりしていて、照明もかなり明るい。部屋のまん中には六人が一度に座れるテーブルがあり、一方の隅にはよく伸びて大きな傘の形になった「幸福の木」の植木鉢が一つ置いてある。その横には二段の本棚があって、そこには『捜査研究』『警察庁所管法規集』『心理追跡プロファイリング』といった本がぎっしり入っている。その向かいの壁面には、一人用のソファーも一つ置いてある。窓はないが、ソファーの横に据えてある空気清浄機のためか、それほど息苦しい気分にはならない。空気中には歯磨きみたいな匂いも漂っている。

私はそのテーブルのまん中あたりに座って、この文を書いている。

ちょっと前までこの部屋で私と一緒に座っていたハ・ジュニョン課長は、構えず、形式にとらわれずに、言いたいことを全部書いていいと言った。そう言って、黄土色のバインダーに綴じ込んだ白い紙とボールペンを私の前に差し出した。彼は親切で、電話で聞いたときより少し太めの声をしていた。四十代前半に見え、若干やせ型の体型で黒いジャケット姿だった。首や手の甲には青い血管がはっきり現れており、左の眉毛の横に小さいほくろが一つある。鼻の先がちょっと左に曲がってはいるが、気になるほどではない。美容室に行っておけばよかった……私は唐突に、ちょっとそんな後悔をしたりもした。もうこの先ずっと、美容室にも行けないいんだよね。私は何か月も髪の手入れをしておらず、二年以上新しい下着も買っていない。目の下にしみができてきたし、こんなふうになりたくはなかったけど、おなかの肉が、お尻の下に敷いて割ろうとしている風船みたいにぼこんと突き出ている。ずっとはいている茶色のスニーカーとジーンズ、その上に襟ぐりが伸びた綿のTシャツという身なりで、私は警察署内へ歩いて入ってきた。私は七三年生まれ、四十二歳、キム・スッキだ。顔にクリームぐらい塗ってくればよかったな……好きなように書けと言われたから、こんなことも全部私は書く。ハ・ジュニョン課長は十中八九、私と同い年だと思う。彼を見ているとまるで鏡を見るように、自分がどんな姿をしているか感じられるのは、たぶんそのせいだろう。私には、彼によく見られたいという気持ちはない。私は四十二歳だが、ときどき六十歳とか、七十歳になってしまったような気分に襲われる。同じ年ごろの人に会うとなおさらだ。そのことがときどき私を苦しめもするが、それは私が悪いのではないから、悔恨も後悔もしない。

どうせ私たちはみんな死ぬ。

*

私はおととい、済州島《チェジュド》から帰ってきた。二泊三日の日程で、パク・チャンスと一緒の旅行だった。二日とも狭才《ヒョプチェ》海水浴場の近くの小さなモーテルに泊まり、中国人観光客たちと一緒にゆっくり渉地可支《ソプチコジ》の奇岩を見て回ったり、イシドル牧場では一時間近く馬に乗ったりもした。旅行の日程は全部パク・チャンスが決めたもので、私は黙って彼が連れていくところへついていき、彼が食べようというものを食べ、彼が寝ようと言ったときに寝た。今年四十八歳のパク・チャンスはまるで、ガンが完治したと診断されたばかりの人みたいに、旅行の間じゅう一度もふきげんな顔を見せなかったが、そのために私はちょっと心配になったのだ。彼がある瞬間にふっと倒れてしまいそうな気がして、城山日出峰《ソンサンイルチュルボン》に登るときはわざと彼の後ろにぴったりくっついて歩いたりもした。パク・チャンスははあはあと息を切らしていたが、うねうねと続く山の階段を登りきり、その頂上で私たちは携帯で自撮りした。彼がちょっと笑ってみろと言うので、気が進まなかったが私は一瞬笑ってもみせた。いつの間にかもみあげがちらほら白くなり、頭のてっぺん近くまで髪がはげ上がった彼の顔が、去年よりかなり太ったので頬骨がほとんど見えない彼の頬が、携帯の画面いっぱいに浮かび上がった。

済州島を発つ前の夜、パク・チャンスはテレビで見た有名なおいしい店だと言って涯月《エウォル》村の近くの黒豚焼肉の店に私を連れていった。夜の七時ごろに行ったのだが、お客が多かったため、四十分ぐらい並んで待ってようやく店に入ることができた。まん中に穴のあいた丸テーブルが二十個ぐらい置かれた食堂内には煙が白っぽくたちこめて、目をまともに開けていられないほどだった。テーブルとテーブルの間隔も狭く、ちょっと体を動かしても知らない人と背中がぶつかる。パク・チャンスははさみとトングを持って自分で黒豚を焼いてくれて、ここではこうやって塩辛につけて食べるんだ、と手本も見せてくれた。

けれど私は、行列して待っている間も、テーブルに座ってはさみで分厚い黒豚の肉を切っている間も、彼がちらちらと何かを見ているのを見逃しはしなかった。

飲みたかったら飲んでもいいわよ。

私はお箸でゆっくり大根キムチを食べながら、彼の目を見ずに言った。それを言うには大いに勇気が必要だったたし、言う前からもう怖くて足もぶるぶる震えていた。けれども私はありったけ努力してそう言った。そうまでしてでも時間を引き伸ばしたいという欲のようなものがあった。何もかもを元通りにしたいという気持ちも強かったのだ。それが率直で正直な私の気持ちだった。

それを聞いたパク・チャンスは、トングを持ったまま三、四秒じっとしていた。私は下を向いてずっとお箸の先だけを見ていたが、彼がそうしていることはわかった。パク・チャンスはしばらくしてまた肉を焼きはじめ、大声で店員を呼んだ。私ははらはらして、おしっこがちょろっと漏れた。けれども私の期待とは違って彼は酒を注文しなかった。代わりにキムチチゲとサイダーを一びん頼んだだけだ。私はそのときになってやっと彼の顔を見た。パク・チャンスは何も聞かなかったように、この店、キムチチゲもすごくうまいんだってと言い、しきりに他の話題を持ち出した。小鼻にちょっとしわを寄せて笑うことさえあった。私は一瞬、腹が立ち、持っていたお箸をそのまま彼の顔に向かって投げつけたかったが……投げなかった。彼はまるで必死に何かを探すみたいに、絶えずサンチュで肉を包んで口に押し込んでおり、一定の速度で私の皿にも肉を入れてくれた。私はその肉をゆっくりと、後味が出てくるまで長時間かけて噛みつづけた。

その夜、パク・チャンスと私は久しぶりにセックスもした。私はパク・チャンスに言われるままに何度も体位を変えたが、ちょっと前にはなかった熱さのようなものが体の中から湧き上がってきた。だがそれよりもっと長い時間、私は怖くて心配で、そのため体調が悪くなったほどだ。辛かったが、そのたびに私は両足で彼の腰をさらにぎゅっと締めつけた。そのつどパク・チャンスは、いいか？　いいか？　と聞きつづけた。

セックスが終わった後パク・チャンスは横たわり、私に腕枕をしてくれて、こんなことを言った。

ソウルに帰ったら俺たち、来週、婚姻届を出そう。

私は何も答えず、彼の左の胸に顔を埋めて聞くばかりだった。

来年にはローンを組んでマンションに住もうな。新婚夫婦に貸してくれるのがあるだろ。

パク・チャンスの腕は前よりがっしりとたくましかった。私は彼が何も言わないでいてくれることを願ったが、彼は黙っていなかった。

スッキ、おまえ、世の中でいちばんおもしろいことが何か知ってるか？

彼は私の顔を見ながら尋ねた。

借金返すことだよ、借金。借金がちょっとずつ減っていくこと、それを見守ること……それがどんなにおもしろいか、俺、前は知らなかった。

私は彼に尋ねたかった。パク・チャンス氏、よろしいですか？　と。または、パク・チャンスさん、ちょっといいですか？　と。あるいは、チャンス、あんたってばどうしたの？

と。何があんたをこんなに変えたの？　何で急にこんなに変わっちゃったの？　前みたいに酒飲んでリモコン投げたり、悪態ついて食卓を引っくり返したり、どこででも寝転がって眠ったりしたらいけないの？　それじゃだめなの？　前のあんたはいったいどこに消えちゃったのさ？　あんたはどうしてこんなに、まともになっちゃったのか？　私は暗闇の中で目を丸々と見開いたまま心の中でつぶやいたが、実際には彼に一言も言えなかった。パク・チャンスはじっと天井を見ていたようだが、すぐに眠ってしまった。

済州島からソウルに戻ってきた翌日、つまりまさに昨日の午後、私はスーパーで買い物をして出てくると公衆電話ボックスに入り、１１２番［警察へ犯罪被害を通報する番号］に電話をかけた。私には迷いもなく、怯えてもいなかった。電話機の上のところをトントンと爪で何度か弾いただけだ。私はできるだけ単純に話そうと努めた。１１２の担当者は私の話を聞いた後、電話を他の部署へ回してくれた。ソウル地方警察庁長期未済事件専門担当チームというところだった。私はそのとき初めてハ・ジュニョン課長と話した。電話を切ると私は家に帰り、パク・チャンスのために豆腐と豚肉とキムチの炒めものを作った。彼には何も言わなかった。ただ、彼が食べているところをかわいそうにと思いながら見ていただけだ。一人で残されるパク・チャンスの未来を思い浮かべただけだ。

＊

ちょっと途切れたが、また書く。少し前にハ・ジュニョン課長がまたこの部屋に入ってきて出ていったからだ。彼は紙コップに入ったコーヒーを私の前に差し出して、進んでますかと尋ねた。私は書いていた紙をひじの下に隠して、何も言わなかった。ハ・ジュニョン課長は私のひじの下に隠された紙をちらっと見て、ゆっくり書いていいですよと言った。

それと、これですが。

彼はそう言って分厚いバインダーを一つ、テーブルの上に載せた。表紙には「二〇〇〇年十月～二〇〇〇年十二月」と書いてあり、バインダーの中の紙はところどころ黄色く変色しており、また、外につんと飛び出しているページもあった。私はそれが何なのか、よく見なくてもわかった。

もしかしたら参考になるかと思いまして。ずいぶん前のことですから……

彼はそう言って席から立ち上がった。えーと、他に必要なものはないですか？　彼は両手の指を組んだ姿勢で私に尋ねた。私は短く首を振った。

書き終わったらここにあるインターフォンを押してくだされば結構です。

ハ・ジュニョン課長は取り調べ室のドアのすぐ横についているインターフォンを指して言った。それから彼は部屋を出ていき、私はまた一人で残された。

私は今、テーブルのまん中に置かれた、ハ・ジュニョン課長が置いていったバインダーを眺めながらこの文を書いている。書いていって行き詰まったらバインダーをちょっと眺め、ボールペンを握った手首が痛くなってくるとまた休み、という具合だ。ハ・ジュニョン課長は私に、ずいぶん前のことだからと言ったけど……何も心配することはない。私はバインダーの中の私が、二十七歳だった私が、あのとき何を言ったのか、何を考えて座っていたのか、まさに昨日のことのように生き生きと覚えている。あのとき始興《シフン》警察署の凶悪犯罪課の刑事が私に尋ねた言葉や、私に向けられた表情、取り調べを受けたあの部屋の風景や匂いまで、一つとして忘れていない。他人には何でもないことのように過ぎていった、みんなの記憶の中からはもう消えてしまった、二〇〇〇年十月二十日、金曜日の夜のことを……

＊

母さん。母さんのことをまず書かないわけにいかない。

だからといって誤解しないでほしい。この事件に関して母さんが何らかの役割を担っていたとか、原因を作ったとか、何か得体の知れない影を落としているとかいう意味ではないから。私が今、心の奥底で母さんを恨んでいるという意味でもないから……単に、そこから始めたい気がするのでそこから始めるというだけのことだ。例えば私の夫が、結婚式の日取りを決めたと母さんに初めて言った、あの日のことから。

あらほんとに？　スッキ、よかったね、キムさんおめでとう。

母さんは夫が結婚の話を切り出すとすぐにそう反応した。当時母さんは東仁川《トンインチョン》駅の近所で今にもつぶれる一歩手前のような小さなカフェを経営していたが、夫の言葉を聞くや否や、こんな日にじっとしていられない、お祝いをしなくちゃと言って安物のシャンパンを一びん買ってきた。ある程度予想はしていたけど、私は正直、ちょっと呆れた。たった一人しかいない二十三歳の娘が、三十四歳にもなった男に、しかも何の財産もない引っ越し屋の従業員に嫁に行くというのに、何であんなに嬉しそうな顔をしていられるんだろう？　なぜ一瞬も反対しないのか？　二十三歳の私はそんな母さんの様子が恨めしかったが、一方ではそれが自然だったこともまた事実だ。母さんはそれまで私に何を望んだこともなければ、何かさせたこともなく、何かをめぐって私と争ったこともなかったから。何もしてくれなかった分、何も望まないんだな。当時の私は母さんを見てそう思った。

私は高校一年生の夏休みからずっと、ロッテリアやハーディーズといったファストフード店でアルバイトをしてきた。最初の時給は九百ウォンで、最後には、つまり私が大学に入学したときの時給は千二百五十ウォンだった。高校の授業料は母さんが何とかしてくれたけど、それがやっとのことで工面したお金であることはよくわかっていたし、それすらいつもクラスの誰より遅く提出していたので、他のお金、例えば交通費とかこづかいなどをくれとはまさか言い出せなかった。だから私は補習授業とか夜間学習などには全く参加せず、夕方五時から夜の十一時までファストフード店でトレイを拭いたり布巾を洗ったり男子トイレの小便器に氷を入れたりする仕事をして、お金を稼がなくてはならなかった。夕食にはいつもテリヤキバーガーが出たが、今でもあの匂いが忘れられない。洗剤の匂いみたいでもあるし、乾いた布巾の匂いみたいでもある、ずっと食べつづけたせいで自然に匂ってくるようなあの匂い……私は三か月もすると要領を覚えて、夕食に出たテリヤキバーガーをビスケットやポテトフライに代えて食べることもあった。

その店で初めて夫に会った。ちょうど私が高三になった年、背が低くて眉毛の濃い男の人が登山靴をはいて、いつも夜の九時ごろに店のドアを開けて入ってきた。当時、私はある程度アルバイト経験を積んで、「Cメイト」から「Bメイト」を経てレジ業務を助ける「セカンドフォース」の仕事をしていた。それで、その男の人が毎日テリヤキバーガーセットを食べることと、他のバイト生の目を盗んで、ジャンパーのポケットに隠して持ち込んだパック入り焼酎をコーラに入れて飲んでいることを知った。男は背は低かったが体つきががっしりしているので、何となく強そうな印象を与える。だが、目尻が下がって唇が厚いその顔は、虫一匹まともに殺せない人のように見えることもあった。その人がコーラにパック焼酎を入れているとき何度か私と目が合ったこともあるが、そのたびにぎくっとして、両手でずっと額を隠していた。私はそんな彼にしきりと目が行った。なぜだかわからないが、ずっとそうだった。そうやって何週間か経った後だったろうか、私は何も言わずに男が注文したテリヤキバーガーセットのコーラを勝手にオレンジジュースに換えてトレイを渡してやった。それが夫との始まりだった。

つきあっていたころ夫は、会話の終わりを質問で締めくくることがたびたびあった。スッキ、それでも大学は行った方がいいんじゃないのか？　アルバイトはもうやめた方がいいんじゃないのか？　コーヒーじゃなくて飯を食った方がいいんじゃないのか？　寝て行った方がいいんじゃないのか？　つっかえつっかえ、口ごもり、人の目をまともに見ることもできず、自分の爪先だけを見ながら言っていた言葉たち。ありのままの本心を一度も誰かに伝えたことのない人特有のためらいと、自信のない低い声。酒を飲むとちょっと変化が起きた。酔うと夫はその瞬間に目をぱっちり開け、スッキ、俺をちょっと抱いてくれないか？　そうしたら俺、ほんとにいい気分になれると思うんだ……と、よろよろしながら、私の目をまともに見てそんなふうに言うのだった。私はほとんどの場合、夫の言う通りにしてやった。やりたくないときもあったが、表には出さなかった。夫の言うことは大部分間違っていなかったし、また、それほど難しい頼みでもなかったから。

けれどもそれらの言葉のために、私の人生がちょっと変わったことも確かな事実だ。以前は思いもよらなかった大学の幼児教育科への進学も、アルバイトをせず大学に通うだけにしたのも、夜ふかしをしなくなったのも、つきつめてみれば全部、夫の言葉のためだったのだから。私を異様なほど無力にさせたあれらの言葉、あれらの勧め、質問ではない質問たち。だけどそれはすべて、私のために言ってくれた言葉だった……夫は優しくて誠実な人だった。四年間ずっと私の授業料を払ってくれ、毎日毎日ぴったり五千ウォン数えてこづかいをくれ、季節の変わり目には私にジーンズを買ってくれたり、バッグなどをプレゼントしてくれることもあった。そしてそのために夫は、引っ越し屋の仕事の他に月曜日から木曜日まで小型トラックの運転手として働いた。私はそのことをよく知っていたので、夫には何も言えなかった。夫にとてもすまないと思ったし、とてもありがたかったし、また、その気持ちを表現したかった。だがごくたまに、なぜだか私はちょっと悲しい気分になることもあった。今までにもらったもののせいで、言いたいことを夫に全部言えてないのではないか……二十歳や二十一歳のころ、私はときどきそんなことを思った。そう思うとまた、無性に母さんが憎らしくもあった。

だからあの日、夫が母さんに結婚の許しを得に来た日、母さんが私たちにもマグカップいっぱいのシャンパンを注いでくれて、テーブルのあちこちにろうそくを灯してオーディオのボリュームを上げた日……あのとき私が急にわあわあ泣いてしまったのは、決して夫が嫌だったからではない。結婚するのが怖かったからでもない。私はただ……その風景がなぜかちょっともの悲しく……また、ちょっと恥ずかしかったのだ。

＊

わかっている。私もよくわかっている。こんなことを、こういう文書に、こんな書き方で書くものじゃないってことは……この文を読む人たちが今、何を期待していて何を知りたいか、また何を見たいのか、それも私はよく知っている。でも、ほんとに申し訳ないけど、私にはこういうふうにしか書けない。こんなふうに書くからこそ私はようやく、あの日のことについて、少しではあっても話すことができるのだ。だから誤解しないでほしい。私は自己弁護するつもりはない。私の行動を理解してほしいのでもない。刑を軽くしてほしいという計算もないし、できるだけ長く刑務所にいたいと願っているだけだ。理解できないだろうけど、理解されたくもないし、理解されても信じないし、理解されることと戦いたくもない。そんなことのために、こんなにも長々と書いているわけではないのだ。

実はちょっと前に、私はうっかりインターフォンを押してハ・ジュニョン課長を呼んでしまうところだった。好きに書けと言われたし、好きに書くこともできそうだったけど、いざ書いてみると一文字一文字書いていくのがしんどくて、やっぱり口で言います、前に始興警察署でやったように、彼が質問して私が答える形式でやりたいと言ってしまいそうになった。だが私はインターフォンを押さず、再びボールペンを握った。ハ・ジュニョン課長とまたあんなふうに話したら、あんなふうに供述したら、私はまたもやとんでもないことを言ってしまうかもしれない。誰かの質問に答えていくとまた、自分自身をだますことになるかもしれない。おかしなことだが、質問に答えていくとしきりと何かが逃げてしまうのだ。逃げてしまった場所にまた違う感情が混ざってしまう。前にも一度そんなことがあった……だから、私はまたこうやって書くしかないのだ。もう一度思い出し、もう一度書く。及ばぬ力を振り絞ってこの文を書く。私は苦痛から逃げるためにここに来たのではない。

＊

夫との結婚生活は悪くなかった。夫は相変わらず優しくて誠実で、私への気持ちが変わることもなかった。それは否定できない事実だ。私は結婚して間もなく、富川市《プチョン》の松内洞《ソンネドン》にある私立幼稚園に就職したが、そのために夫は九老《クロ》にあった私たちの新婚の家をたたみ、幼稚園のそばに引っ越すことにした。

地下鉄で何駅でもないのに、このままで別にいいのに……

私は反対したが、夫は意思を曲げなかった。

どっちか一人だけでも楽な方がいいじゃないか？　あっちでもこっちでもチョンセの保証金は同じだろ？

でも、引っ越しって楽じゃないのに……

私がぐずぐずしていると夫は、おまえ、自分の夫が引っ越し屋だってことを忘れたんだな、と言ってちょっと笑った。それで私はまた何も言えなかった。

私も働くようになったのだから、当然その分余裕ができたのだが、夫は仕事を減らさなかった。月々、チョンセのローンも返し、住宅積立も払い、他にも何とかいう年金保険のための口座も新たに開設したと言っていた。私が稼いだお金は生活費にあて、夫が土日に引っ越し屋で稼ぐお金と、平日に九老工具街や安山《アンサン》の半月工業団地からトラックで貨物を運んで受け取るお金は全部銀行行きだった。夫はほとんど一日も休まず働き、夜明けの四時ごろに出勤して、私と同じくらいの時間に帰ってきた。それで私はまた、以前、夫が五千ウォンずつこづかいをくれて、大学の授業料を払ってくれて、ジーンズを買ってくれたときと同様、何かと気を遣うようになった。気を遣ってはいたが、何度となく自分の意思を夫に伝えもした。仕事をちょっと減らしたらいけませんか？　私がそう言うと夫はいつもまじめな表情で、ちょっとでも早くローンを返済しよう、それでやっと俺たちも赤ちゃんを迎えられるだろ、そうじゃないか？　というようなことを言った。そう言われると私はもう何も言えず、黙ってうなずくしかない。私が稼いだお金もいいかげんに使ってはいけないと思ったし、休みの日に一人でソファーに座ってテレビを見ているのが罪深いと感じたことも多かった。

夫は軍を除隊した後、しばらく不眠症で苦しんだことがあった。私に会ってからはそれでもかなりよくなったらしいが、以前は、仕事を上がってから登山靴にはきかえて近くの山に登り、その後で何か食べたり焼酎を飲んだりしてやっと三、四時間眠れたんだと言っていた。つきあっていたころは全然知らなかったけど、結婚後私は、今も夫が二、三か月に一度、不眠症の症状に苦しんでいるという事実に気づいた。あるとき、夜中の一時ごろに夫が泣いている声にはっと驚いて目を覚ましたこともある。いつからかわからないが、夫はベッドの下の床にうずくまってすすり泣いていた。夫が座っている横には目覚まし時計が、夜中の三時三十分にアラームをセットした目覚まし時計が行儀よく置かれていた。私はそんな夫をぼんやりと眺め、ベッドの下におりて黙って抱いてやった。言いたい言葉はいっぱいあったけど、私は何も言わなかった。夫も何も言わなかった。ただ、私の鎖骨のあたりに顔を埋めたまま、長い間泣くだけだった。私はそんな夫を見るのが辛く、一方では気の毒でたまらなかった。にわかに、まだできてもいない赤ん坊が恨めしいとまで思った。その後夫は、睡眠導入剤を処方されて、ときどき、ほんとにときどきそれを服用した。

それでも冬には夫の仕事が減るので、週末には一緒にトラックに乗って烏耳島《オイド》まで気晴らしに出かけたこともある。防波堤を端までずーっと一度歩いた後、すぐ隣の水産物センターの二階に行ってイカの刺身やゆでたカニを食べて帰ってきた。夫は結婚後ほとんど酒を飲まず、その代わり私が少しずつ飲むようになった。私は酒を飲むと顔がすぐに赤くなり、言葉数が増える方だ。そしてある瞬間、そこが飲み屋のテーブルだろうがトイレだろうが公園のベンチだろうが、そのまま眠ってしまう癖があった。今まさに眠り込む前、疲れて、朦朧として腕や足から一度にすっと力が抜けてしまう瞬間。そういうときの感じは悪くない。だから私は機会があれば、目の前のグラスを拒まなかった。顔が赤くほてってくると、私はふだん言わないことを夫に言ったりした。

あなた、知ってる？　あなたに初めて会ったとき、すごくかっこ悪く見えたってこと？かっこ悪いから目が行って、すぐ目が行くからかわいそうになって、そしたら可愛く見えたってこと？　私はいつも夫に対して丁寧語を使っていたが、酒を飲むとぞんざいな喋り方になってしまう。でもね、あなたとずっとつきあってたら、どうしてなんだろう……あなたのせいでやたらと恥ずかしくなってくるの……私の方がかっこ悪いみたいで……恥ずかしいのは私じゃなく……あなたのせいなのに……ほんとは私が自分を恥じるべきなんじゃないかって……私はそんなことを言っているうちに眠ってしまう。そしてまた目が覚めてみると、夫の背中とか、トラックの助手席だったりすることがよくあった。あたりはもう暗く、私は押されるようにしてどこかへ移動していた。そのたびに私はまた寝たふりをしてじっとして、目を固くつぶっていた。そうやって冬が、この冬がずっと終わらないようにと祈った。そんなころが、私にもあった。

＊

二十五歳の春に、ある男に会った。

彼は、チョン主任だと自己紹介した。「ヨンエレファント」という幼児用教材製作会社で働いている人で、ワゴン車の荷台いっぱいに白木の糸通し遊びセットとか単語カード、木馬、楽器遊びセットなどを積んで安養《アニャン》や儀王《ウィワン》、富川一帯の幼稚園を営業して回る契約職の営業マンだった。私より二歳年上で、背が高くほっそりした体型、顔が長いので鼻と唇の間が長く見える人だった。彼はその年の新学期から、私が働いていた幼稚園にも教育玩具を納品したりリースすることになり、そのため一週間に一、二度定期的に顔を合わせるようになった。仕事のない日も幼稚園の前の通りにワゴン車を停めて、子どもたちが送迎バスに乗り降りするのを手伝ったり、正門の隣の空き地に散らかった砂遊びのスコップや、おもちゃのブロックをかたづけたりしていた。

頑張るよねえ。よくやるもんだわ。

同僚の教師たちが彼について、そんなふうに言っていることもあった。来年の契約を取るために今からあんなことしてるのね。コミッションだけじゃ不安だから、ああやって体を使って埋め合わせしようとして……幼稚園の人たちは男を見て似たようなことを思ったらしい。そのせいか、彼が幼稚園の仕事を手伝ってくれるときには断らないのに、一方ではひそかにばかにしていた。男が気さくな声であいさつをしても、かすかに会釈して無言ですれ違うことがほとんどだったし、男がそばにいるのに、聞かれてもいいと思ってるみたいに保護者の悪口を言ったり、自分たちだけでコーヒーを飲んでいることもあった。透明人間みたいに、または道でチラシを配っている人みたいに、そんなふうにして彼は園の周辺をうろうろしていた。

私は最初からそんな彼が苦手だった。それはただのぎこちなさではなく、まるでずっと前に口げんかした同級生に旅行先で出くわしたような気分、または友だちの父さんが運転しているタクシーに偶然乗ってしまったような当惑、そんな気まずさだった。あれ、何だろ、これ？　私は男と形だけのあいさつを交わすたび、心の中でそうつぶやいていた。けれどもその感情について深く考えてみなかったことも事実だ。そもそも考えてみる暇もなく男の横を素早くすり抜けていたし、それが彼によって生まれた感情なのか、または私の心がふだんからそういう状態だったのか、よくわからなかったし。

男が幼稚園に出入りしはじめてから一か月ほど過ぎたころだったか、満四歳の山鳥組の男の子が一人、外遊びの時間に滑り台で遊んでいて左腕を骨折する事故に遭ってしまった。担任教師が滑り台のすぐ前にいたのに起きた、瞬間的で不可抗力的な、文字通り想定外の事故だった（その子は自分の後ろに立っていた女の子の足を踏んで逃げ、そのはずみで滑り台の柱にぶつかって転び、倒れる際に誤って左腕をつき、捻《ひね》ってしまった）。園の対応はマニュアル通りに迅速で、適切だった。すぐに救急車が到着し、担任教師が病院まで同行、治療の全過程を見届けた。もちろん子どもの母親にも事故の前後の事情を隠さず説明した。

ところが翌朝、子どもの父親だという人が幼稚園の前にやってきて騒ぎを起こした。子どもの父親は、一晩じゅう一睡もしてないようなくしゃくしゃの髪をして、シャツのボタンをちゃんとはめていないためにランニングシャツが丸見えの姿で、園内までは入ってこなかったが、ずっと正門の前に立って怒鳴っていた。先生を名乗る者が子どもの一人もまともに面倒見ないで何やってんだ、こんな幼稚園は信用ならない、子どもを任せておけない、園長は出てこいと、ズボンのポケットに両手を突っ込んだまま大声でわめきたてた。登園してきた子どもたちは、バスからおりても正門の端っこに立ったままで園に入れず、教師たちと副園長がやってきて父親を制止しようとしたが、無駄だった。園長はその日、何かの研修で釜山《プサン》に行っていて不在だった。

さあどいたどいた、みんな忙しいんですからね。

父親の怒鳴り声の間をついて、聞き慣れない声がいきなり飛んできた。両手いっぱいに教材の箱を持った、あの男だった。

何だおまえ、この野郎。

父親が男をじろじろ見て言った。

畜生、うちの子がここで昨日、腕を折ったんだぞ……

だったらなおさらでしょ。子どもの腕が折れたら、そばにいてやらなくちゃ。何でお父さんがこんなところにいるんです?

男は父親に負けず、それまで聞いたこともない神経質な声で「さっさとこれをここの子どもたちに渡して、安養に行かなきゃいけないんですよ」とつけ加えた。男がそう言い終わるや否や父親は男の胸ぐらをつかんだ。二人はもみ合い、幼稚園の教師たちがわらわらと走ってきて父親を止めようとした。何人かの子は泣き出し、男が持っていた教材の箱から磁石つきの数字がこぼれて床にばらばら散らばった。だがそれでおしまいだった。事態はある瞬間、何もなかったように収束した。父親はまるで誰かが止めてくれるのを待っていたように、怒りをぶつける対象が必要だったように、男に向かってずっと「おまえ、もう一回でも俺の目の前に現れてみろ！」と言いつづけ、息を荒らげ、唾をぺっと吐くと幼稚園の前から去った。

男はその日の午後にまた園に寄り、副園長に呼ばれた。副園長室に入る前、男はすぐ隣の空いていた野菊組の教室で待っていたのだが、そこは私の担当の組でもあった。男はしばらく幼児用の白木の椅子に、下を向いて座っていた。私は延長保育の子どもたちに帰りじたくをさせるために何度かあわただしく廊下を行き来していたが、そのたびにガラス窓ごしに男の後ろ姿が見えた。しょげかえった肩としわだらけのシャツ、小さな耳たぶ。それが、あの日私が教室の外の廊下から見た男の姿だった。何であんなに耳たぶが子どもみたいに小さいんだろ。耳が小さい人は、客地《かくち》で苦労する運勢だとかいうけど。私はそんなことをつぶやきながら廊下を通ったりもした。けれど、そんな思いは長続きしなかった。本当に私の足がしばらく止まったのは、自分の帰りじたくのために教室に入っていき、彼が座っていた机に、爪で引っかいて描いた小さな雪だるまの絵を見つけたときだった。

雪だるまが一つ、にっこり笑った雪だるまが一つ、そこにははっきりと描かれていた。

そんなことがあった三日後、私は帰宅途中でまたあの男に会った。幼稚園の前の四つ角を過ぎ、町内バスの停留場に向かって歩いていると、男の乗ったワゴン車が横に来て停まった。男は助手席の窓を開けて私に聞いた。

先生、どこまで行きます？　乗せてあげますよ。

男は例のあの気さくな声で、私を居心地悪くさせるあの感じで、そう声をかけた。

家に帰るところだと、家は近いのだと、歩いていくと私は言った。急いで軽く目礼した。だが男はそれでも、私の顔を見ながらゆっくり運転してついてきた。

近いんだったら気にせずお乗りなさい。お疲れでしょ。

男のワゴン車のせいで、後に続く車たちは徐々にスピードを落としていた。

私はためらった。男は腰をすーっと伸ばして、助手席のドアまで開けてくれている。開いたすきまから、紙コップや新聞紙がごちゃごちゃ散らかった助手席の床が見えた。何となく、あの中へ入っていってはいけないんじゃないかという予感がした。ひどい目にあったり、拉致されるかもしれない。そんなことまで思った。その可能性も確かにあった。けれどもそう思えば思うほど、この人に対して感じていた気まずさとぎこちなさの方がふくらんでいった。頭の中にはずっと、笑っていた雪だるまのこともあった。誰かが私を、男を、止めてくれたらいいのに、周囲に知り合いが一人もいない。後ろでつっかえている車たちがクラクションを鳴らしはじめており、私はためらった末にゆっくりとそのワゴン車に近づいた。男はそんな私を見てまたシートベルトを締めた。ワゴン車の中は、古い植物みたいな匂いがした。

私はよく、こんなことを考えてみたものだ。もしもあの日私があの男のワゴン車に乗らなかったら、そうだったら、多くのことは違っていただろうか？　男が乗れと粘ってもずっと知らんぷりをしたまま歩いていったら、夫の運命も全然違っていたのではないか？　わずか数年前までは私も、そうだ、違っていたはずだ、何も起きなかったはずだと自答していた。それらは一本の糸のように長くつながっていて、私の人生の多くのできごとはそこにずるずるつながっていると信じていたから……でも、今はよくわからない。もしかしたら線がもう一本あったのかもしれず、その線は別物だったかもと思うことの方が多い。私たちはそれぞれ違う何本もの線を持っているのに、それを一本の線とばかり見ようとしたのは、あの人本人ではなく、あの人を見ている自分自身を見ていたのじゃないかと、私はそんなふうに疑ってみるようになった。あの人を見ていた他の人たち……男のワゴン車に乗った瞬間の私は、彼らの目から見たとき、すでに夫殺しの女だった。

実際、それから二年後、私は夫殺しの女になってしまった。

*

ちょっと前、誰かがこの部屋に入ってきて出ていった。

その人は紺色のジャンパーに黒いタートルネックを着ていた。五十代半ばぐらいのようで、眉や短い髪は白髪交じりで、ほうれい線がはっきりした男性だった。彼はまるで間違ってこの部屋に入ってきたみたいに、テーブルについている私を見てから、廊下の方へ体を突き出して部屋番号を確認したりもした。だから私は彼のことは気にせず、供述書を書きつづけた。ところが、また出ていくと思ったその男は、ドアを閉めて室内に入ってきた。そして後ろに手を組んで、テーブルの向こうを歩き回っていた。彼は私に一言も話しかけず、咳払い一つしなかった。それでいて視線はずっと私に向けられている。何度か一瞬私と目が合ったが、表情には変化がなかった。彼はまるで空気清浄機を眺めるように、幸福の木の植木鉢に注意を向けるように私を観察していた。私はボールペンをぎゅっと握りしめたまま、黙って彼の視線に耐えた。椅子になったみたいで、本棚になったみたいで、まともに息もできなかった。息もできなかったが、彼の匂いだけはしっかり吸い込んだ。ナフタリンのようにすべてを吸収してしまう彼の男性化粧品の匂い。その匂いがものを言っているかのように、私の耳殻《じかく》を通ってこちらへ伝わってくる。私の頬を打つ言葉たち……私の罪を追及する言葉たち……私は、彼の匂いが語る言葉たちを何度も何度も聞いている間も手からボールペンを離しはしなかった。ボールペンを置いたら本当に、彼の匂いが私のすべてを染めてしまいそうで。そのまま、物になってしまいそうで。

彼はそうやって一言も言わずに何分か立っていた後、少し前に外へ出ていった。そして私はまたこの文を書いている。彼はおそらくハ・ジュニョン課長の同僚なのだろう。彼の上司かもしれないし、またはまったく別の部署の刑事かもしれない。偶然この部屋に寄っただけかもしれないし、私を見張りに来たのかもしれない。

だけど、どっちでも関係ないのだろうな。彼が誰だろうと、彼にとって私はただの罪人なのだろうから。私のすべては消えて、罪だけが残るのだから……私はそろそろ、ああいう視線に慣れなくてはならない。ただ罪によってのみすべての説明がつく人間……もしかしたらそれで今、私は、こんなに長々とこの文を書いているのかもしれない。これを書いている今この瞬間は、それでもまだ私はキム・スッキだから……四十二年間生きてきたキム・スッキに違いないのだから……

空気中にまだ彼の匂いが残っている。その匂いの中で私はこの文を書いている。

*

チョン主任。彼の名前はチョン・ジェミンだった。故郷は全羅北道の古敞《コチャン》で、三男一女の二人目だった。高校卒業後、二年近く故郷に残って両親の木イチゴ農業を手伝い、兵役を終えた後、中学の先輩のつてで幼児用教材製作会社の契約職の営業マンとして働きはじめた。安山の正往《チョンワン》駅近くの安アパートで何年か暮らし、安養の万安《マナン》区と富平《プピョン》の葛山洞《カルサンドン》にも住んでいた。私と出会ったころは富川の春衣洞《チュニドン》にある小さなワンルームで暮らしていたが、私をそこに入れてくれたことは一度もなかった。

その他に何があったっけ?

実際、私は彼を思い出すと何よりもまず、家の近所の小学校の隣の空き地に停めたワゴン車の中で、薄暗くなっていくグラウンドをそっと見ていたこと、フロントグラスに映った彼の顔を横目で見ながら何かとめどなく言いつのる私の姿、街灯の光に照らされてなぜか実際より冷たく見えた、小学校の校庭の百日紅《さるすべり》の枝なんかのことだけが鮮明によみがえる。幼稚園から小学校の隣の空き地までは五分もかからないのだが、私は何となく、すぐにおりてはいけないような圧迫感に苦しんでいた。それでは失礼にあたらないか、彼がばかにされたと思わないか、一人で帰っていくときみじめな気持ちにならないか。私はそれが心配だった。だから、そんな気持ちが消えるまで彼のワゴン車からおりなかった。何度か彼に、幼稚園で働くことはあんまり楽しくないという話をしたこともある。年度が変わってもいつも似たりよったりに見える子どもたち、貧しいのに、自分が貧しいのかどうか、恥ずかしいのかどうかもわかっていない子どもたち。その子たちを何で私が毎日毎日世話しなくちゃいけないのかわからないと、そんなことを言ったようでもある。

それがちょっと苦痛なんですよね。

彼は、私の話を聞いてふっと笑ったり、ぼんやりと窓の外やバックミラーを見たりしていた。どうしてそうなるのかと理由を聞いたり、こうやってみたらなどと助言することもなかった。

彼はときどきワゴン車の中でうたた寝をすることもあった。グラウンドを見ながら何か話していて、そっと彼の方を見てみると、運転席のガラス窓にもたれたまま眠りこけている彼の姿を目にすることがあった。そのたび私はちょっと変な気持ちになった。この人はなぜここに座って眠っているんだろう？　なぜ私とこんなことをしてるんだろう？　私は、ギアレバーの横に力なく置かれた彼の手を黙って見おろしながら、そんなことを思った。当時もときどき故郷へ帰って木イチゴ農業を手伝っていた彼の手のひらは、ところどころひどく肌荒れしており、傷もたくさんあった。

後で、すべてがおしまいになってから、彼は荒っぽい、私を傷つけるような言葉をたくさん言ったし、私の顔をまっすぐに見て何度も何度もくり返し怒鳴ったこともあった。最初に何であんなことをしたかって？　何で俺があしたかって？　何でって何だよ？　ほんとにわからないのか？　先生たちに嫌われたら困るからだよ！　そのとき私は彼のそんな言葉を聞きはしたけど、彼に背を向け、座り込んで泣いているときでさえ、それだけではないはずだと思っていた。そんな理由でなぜあんなに長時間、ワゴン車の中に座っていられるだろうか。眠さをこらえてまで、待っていてくれたのに。私はその後もずっと、彼の言葉を信じなかった。

彼と会って三か月ほど過ぎたころだったか、一緒に焼き鳥屋に寄って酒を飲んだ。それまで彼と一緒に飲み食いしたものといったら、ワゴン車の中で飲んだ自動販売機のコーヒーだけだった。

ほんとは俺、飲んだらいけないんだけど……

彼が私のグラスに酒を注ぎながら言った。

ふだんは大丈夫なんだけど、酒飲むとこれが飛び出してくるんですよ。

何がです？

私は持ち上げたグラスをおろして尋ねた。

木イチゴの棘ですよ。引っかいた痕が全部消えたと思ってたんだけど……酒飲むと、すっかり赤くなって盛り上がってくるんだ。ちょっと気持ち悪いでしょ。

気持ち悪い？

気持ち悪いよ。おでこもそうだし、首もそうだし、手も……

私は彼の顔をじっと見た。彼は自分の腕を撫でおろしながら、小さく笑った。

飲みましょう。

私が言った。

はい？

飲みましょうってば。

私はグラスを彼の鼻のあたりまで上げた。彼はそれをしばらくぼんやり見おろしていたが、ゆっくりと自分のグラスに酒を注いだ。ほんとのことをいえば私はそのときから、つまり酔う前から、彼と寝たかった。彼の傷跡を見たいとか、彼が気の毒だからとか、そんなのじゃない。私はむしろ、私の裸の体を彼に見せてやりたかった。私の素肌を彼の皮膚に触れさせたかった。理解できなかったけど、まさにその瞬間から私はそんな欲望に捉えられていた。

その夜、私はモーテルに入る前に彼に言った。

行くことは行くけど……夜中じゅうに家に帰らないと。

彼はちょっとふらふらしながら、目をぱちくりさせた。

夫が心配しますから。

彼は私の顔とモーテルの看板を代わる代わる見た。

結婚してたんですか？

はい、二年前に。

ええー、いったい何歳なんですか？

二十五です。二十三歳で結婚しました。

私は彼の顔をまっすぐ見て答えた。彼のこめかみの近くと小鼻には、ちょうど爪で引っかいたような赤くて細い線が何本もあった。

ずいぶん早く結婚したんですね……でも、何で言わなかったんです？

聞かなかったでしょ、そんなこと。

私は妙に気がせいていた。だが、恥ずかしくはなかった。

あ、ま、そうだよな。

彼は大きくうなずいた。私はその言葉にはちょっと傷ついた。

入らないんですか？

私の言葉に、彼はちょっと顔をしかめた。右手で耳の下を何度か引っかいたりもした。

夜の間に帰りさえすれば大丈夫なんですね？

彼が尋ねた。私はそれには答えなかった。その代わり、彼より先にモーテルのドアを押し開けて中へ入っていった。すると彼も私に続いてふらふらと入ってきた。私は、怖さは一つも感じなかった。

心だけがまだ、逸《はや》っていた。

＊

私は彼と二年近くつきあった。

彼が幼稚園に教材を持ってくる日には欠かさず会ったし、夫が出勤している土曜日の午前中には私が彼のワンルームの前まで行って待っていたりした。一緒に映画を見たり公園を散歩したり、カフェに座ってコーヒーを飲んだりした記憶はない。二人でワゴン車の中に座って過ごした後、梧亭洞《オジョンドン》や安養近郊まで行って、牛肉スープとか海苔巻きなどを食べてモーテルに行くこと、そしてそれぞれの家に帰っていくこと。それが彼と私の恋愛のすべてだった。プレゼントをやりとりしたこともなく、お互いの友だちを紹介したこともない。私と会っているときも彼はときどき他の幼稚園の園長先生からの電話に出たが、そんなとき私はずっと息を止めていた。そこまでする必要はないのに、ひとりでにそうなるのだ。彼は幼稚園の園長たちとは必ず、他人名義の携帯で通話したが、私にも常に、その携帯でだけ電話してきた。

彼はセックスが終わるとシャワーも浴びず、すぐに体を丸めてうとうと眠ったりした。私は彼の顔を眺めながら黙って横に寝ていた。何度か、眠っている彼に一人言で話しかけたこともある。それは主に、夫に関する話だった。私にこづかいをくれて、授業料を払ってくれて、ジーンズも買ってくれた夫。今もまじめに誰かの荷物を運んでいる優しい夫。

夫に話そうと思うの。

私は、彼の荒れた手のひらを撫でながら言った。

どう見たって、いいこととはいえないんですから。

彼は私の言葉に何の返事もしなかった。小さく、規則正しく息をしているだけだった。

そう決心はしたけれど、その年の年末になっても私はやはり、夫に何も言い出せなかった。彼と別れて夜中の二時過ぎに家に帰っていくとき、路地で、ドアの前で、いつも私は決意し、覚悟を決めていた。言えるだろうと思い、言わなくちゃと心に誓っていた。これ以上引き延ばしてはいけないとか、これは言いわけしたいとかわかってほしいとかじゃなく、告白に属することなんだとか、そんなことを酔ったみたいにずっとつぶやいていることもあった。いや、もうちょっと正直に言えば、当時私は夫を心配したり不安を感じたりするような状態ではなかったというのが正しい。夫のために告白すべきだと決心したけれど、それは単に私自身をあざむくための口実みたいなものだった。私はいつにもまして自分のことで精一杯だったというのが正しい。

家はいつも暗かった。私は暗さが目になじむまで、靴も脱がず、静かに玄関にうずくまっていたりした。そうしているとだんだんと、心のどこかが冷えていくのが感じられた。ある覚悟のようなものが生まれてくることもあった。けれども、また足音を忍ばせて寝室へ入り、そこのベッドで横向きに寝ている夫の背中を見、彼が寝巻きの代わりに着ている裾の短いジャージをじっと見おろすと、私はとてもそんな勇気を出すことはできなかった。これからまた夜中の風を浴びて出勤するこの人に、寝つくだけでも苦労するこの人に……そんな私がどの面下げて……私は心の中でいくつも理由をこしらえ、そのおかげで何とも思わず夫の背中に抱きついて眠ることができた。自分はどんどん悪い人間になっていくなあと、そう思うこともあった。

夫が、他の幼稚園を探してみた方がいいんじゃないか、これじゃ予備校の先生みたいじゃないかと言い出したことがあった。幼稚園に対する評価制度のせいでこんなに忙しいんですよ、他の幼稚園もみんな同じよと私は言いつくろった。何てこった、俺は、幼稚園の先生ってのは世の中でいちばん早く仕事を上がる人たちだと思ってたのに……夫はそんなことを言って言葉を濁しただけで、それ以上何も聞かなかった。私の帰りが遅い日、夫は一人で味噌汁を作って夕食を食べ、自分の靴下や下着を手洗いし、テレビを見て、そのまま寝ていた。

一度、思ってもみなかった瞬間に、夫に全部打ち明けてしまいそうになったこともあった。夫が帰宅の途中にロッテリアに寄って、焼肉バーガーセットを二つ買ってきた日のことだ。夕食はこれですませることにし、それを食卓に並べて二人で食べていたが、夫が食べるのをやめてふっと笑いながら、自分のコーラに焼酎を入れた。その様子をじっと見ていたら、私は自分でも気づかないうちにわっと泣き出してしまった。それは私自身にもまったく予想のつかない涙だった。平和な夜で、あの人に会わない夜でもあった。私は泣くのをやめようとして努力したが、片手に焼肉バーガーを持ったままぼろぼろ涙をこぼしてしまった。それから食卓に突っ伏してわあわあ泣きさえしたのだ。そしてその瞬間、今言わなくてはいけない、今を逃したらもっと言いづらくなってしまうと肩を震わせながら思った。でもそのときも、何も言えなかった。のどからしきりにこみ上げてくるものを口の外には出せなかったからでもあるが、今話したら夫に許しを乞うだけになってしまうと思って怖かったのだ。私が欲しかったのは許しではない。私は事実を望み、真実を欲したのだ。その後どうなっても、夫のせいではないと思っていた。

あの日、私以上にあわてた夫は、焼酎を入れたコーラを流しに捨てて、私の隣に来て座った。全部過ぎたことだよ、な、俺たち今はちゃんと暮らしてるじゃないか……そう言いながら私の背中をトントンしてくれた。その言葉は私にとって、一つも慰めにならなかった。

＊

夫には言えなかったが、彼には嘘をついた。彼と出会って半年ほど過ぎた日のことだ。

全部話しました。

何をです？

彼はタオルでぱたぱたと音を立てて髪をたたきながら尋ねた。

私たちの関係を。夫に全部話したの。

彼はタオルを頭の上に載せたまま、黙って私を見つめた。私は決して彼を試そうとして嘘をついたのではなかった。彼に悪いと思ってついた嘘だった。だけど結果的に、試したことになってしまった。

その日、彼はベッドの隅に座って何も言わず、テレビばかり見ていた。セックスするときも私の顔を見なかった。私は彼の下で押しつぶされた状態でもずっと彼の表情を見ていたが、彼は何となくぶすっとしているようで、怒っているような気もした。息遣いも荒かったが、言葉は一言も口にしなかった。

セックスが終わった後、背中をちょっと丸めて向こうを向いていた彼は、しばらくして私に聞いた。

俺の名前も言ったんですか？

私は答えなかった。失望したが、といって彼を憎んだわけではない。私が先に嘘をついたのだから。彼のことを、六歳児みたいな人だと思っただけだ。

彼もここに呼ばれることになるだろうか？

供述書を書くのをやめて、私はしばしそんなことを考えた。たぶんそうなるだろう……ここに来るときにはとてもそんなことまで考えていなかったが、彼もまたやはり、私が今書いているこの供述書のために、よかれあしかれもう一度、この警察署に呼び出されることになるだろう。いずれにせよハ・ジュニョン課長には、この供述書を確認してくれる人が必要になるだろうから。これらすべてのことを確認できるのはチョン・ジェミン、彼だけだろうから。

＊

前に、私があのおぞましい事件を起こしたときも、彼は始興警察署の凶悪犯罪課に呼ばれてここに来なくてはならなかった。刑事たちは彼と私のそれぞれに多くのことを聞いた。二〇〇〇年十月二十日の夜八時から夜中の一時までの間どこにいたか、何をしたか、誰といたか……彼はそのとき富川の春衣洞で夕食を食べた後、中洞《チュンドン》にある飲み屋に出かけ、夜中の二時まで友だちと一緒にいたと陳述した。それは間違いない事実だった。その日私が烏耳島の海上公園の通り沿いにある公衆電話から彼に電話したとき、彼は確かに飲み屋だと言ったから。私はそのとき彼に、落ち着いた声で、夫を殺したと言った。飲み屋から聞こえてくる音楽のせいで彼が私の言葉をちゃんと聞きとれなかったので、私はもう一度はっきりと、夫を、殺したんですよ、私が。と言わなくてはならなかった。彼がよくなかったのはそのすぐ後だ。彼はしばらく、お、お、と言い、何でもいいからとにかく今すぐお母さんの家に行っていろ、と私に言った。私が黙っていると、受話器の向こうでかっとして怒鳴った。わかったの？　わかったかって聞いてんだよ！　私がそれにもちゃんと答えられずにいるとこんどは、言った通りにやれよ、俺が言った通りにな、と命令調で言った。それで私はまた少し誤解したのだ。ああ、彼はまだ私のことを心配してるんだな、私が大事なんだなと……そんなにしてまで、どこか頼る先を探していたのかもしれない。必死でそれを求めていたのかもしれない。平気だった私がすっかり怯え出したのは、まさにそのすぐ後だったのだから……

十何年ぶりにまた警察に呼び出されたら、彼は果たしてどんな表情をするだろうか？　私について何と供述するのだろう？　この前と同じように、また何も知らないふりをして嘘をつくのだろうか？

そうだ、それは今となってはわからないことだ。私とは関係のないことでもある。私はもう彼が罰を受けようと受けまいと、別に関心がない。彼が気の毒だとか、申し訳ないという気持ちも起こらない。それぞれの罪があり、それぞれの罰があるのだ。ひっくるめて眺めていれば、何もかも平べったく見えてくるばかりだ。罪はそのとき、くり返される。

私はもう同じことをくり返したくない。憎しみも悲しみも愛も嫌悪も人生も。それだけだ。

＊

彼とつきあって一年ほどになる翌年の初春、私はついに夫にすべてを告白してしまった。その時期はもう、彼と会う日も減り、電話でもほとんど話していなかった。私がメールを送ったり電話をしても彼は返事をくれなかったり、電話にも出ないことが多かった。春衣洞のワンルームの前まで訪ねていけば何とか顔を見られたが、無駄骨に終わって帰ってくる日も結構あった。会社の仕事でてんてこまいなんだと、彼は言った。桂陽区《ケヤン》に新しくできた幼稚園二か所と取引きを始めたのだが、そこの園長先生たちは要求が多い、という話もしていた。どこどこの園長さんはカラオケ店のオーナーみたいにがめついよとか、そんなことをぶつぶつこぼすこともあった。彼はセックスの後も以前のようにうたた寝したりせず、急いで出ていくことが多かった。それで私は、彼の顔を見ながら一人言を言うこともできなかった。彼がワゴン車で私を小学校の隣の空き地におろしてくれて、タイヤを引きずるやかましい音を立てて去っていくたび、私たちの関係が遠からず終わることを私は予感した。初めて私をワゴン車に乗せてくれたときと同じように、ワゴン車からおろしてくれたらそれでおしまい。二度と戻ってこないのだろうと思われた。

そのころ、洗濯機の排水ホースが詰まったのか、洗濯機置き場の下水口が詰まったのか、何日か洗濯槽の水がちゃんと排水できずにたまっている日があった。帰宅した夫が夕飯を食べるとすぐ、直してやろうと言って、ジャージのズボンをひざまでまくり上げて洗濯機置き場へ入っていき、私は夫の後ろにしゃがんでその様子を見守った。夫は下水口に引っかかっていた髪の毛を一本一本丹念に取り除き、ハンガーを鉤《かぎ》の字に曲げてホースの中のものをかき出していった。ホースにハンガーを突っ込むたび、夫は小声ではあはあ言っていた。そのたびにジャージの伸びたウエスト部分がちょっとずつ、ちょっとずつ下に引っ張られて下がっていく。そこからぼろぼろの下着が見え、下着までずり落ちて浅黒いお尻の溝がすっと現れた。私はそれを黙って見おろしていた。それを見れば見るほど、私の方が妙に恥ずかしい気持ちになった。私のことじゃないのに私が恥ずかしい。あんなに黒いってありうる？ひょっとして垢がたまってるんじゃないの？　私はとてもその恥ずかしさに耐えられなかった。それで私は、言ってしまった。

つきあってる人がいるんです。

私は夫の背後で言った。

夫は私の言葉を聞いてびくっと手を止め、そのまましゃがんでいた。ジャージのウエストもそのまま、お尻の溝もそのままだった。頼むからちょっとそれ、引っ張り上げてくれない？　私はそう叫びたかった。

もう一年近くなるの。

私はそう言ったが、夫は一言も言わないままだった。ハンガーでまたホースの中をほじくり返すだけだった。お尻まで動かしながら夫はその作業を続けた。

ほんとのことを言いたかったけど……ずっと言えませんでした……ごめんなさい。

私がそこまで言ったとき、ホースからふっと空気が漏れる小さな音がして、すぐにごぼごぼと黒い水がほとばしり出た。

よし。

夫はホースから出てくる水を見ながらそう言った。そして、ハンガーに引っかかっていた何かを手に持って水道水できれいに洗った。夫は心をこめてそれを拭いてから、私にくれた。

こんなのがつっかえてたよ。

私は夫の顔を無表情に眺めた。そして夫がくれた、幼稚園で使っている磁石つきの「8」というプラスチックの数字をぼんやりした目で見おろした。何で私はこんなものをポケットに入れて持ってきたんだろう？　いつから入ってたのか？　私はその「8」を見ながら考えた。けれども思い出せなかった。ただ、ここで話を止めてはいけないという思いだけがはっきりしていた。

幼稚園に教材を納品しに来る男の人なんだけど……

その話、こんどじゃだめか？

夫が私の言葉をさえぎって言った。

俺、これからまた夜中に仕事に出なきゃならないだろ。

夫はそう言って、寝室に入っていった。夫はまるで何も聞かなかったように、さっき仕事から帰ってきた人みたいに行動した。腰を後ろに弓なりにそらして、ストレッチもした。私は夫の後を追って部屋に入り、話をしようとしたが、できなかった。以前、夫が質問ではない質問を私にしていたころみたいに、夜ふかしするな、アルバイトもするなと言ったときみたいに、全身から力がすーっと抜けてしまうのを感じた。夜中に仕事に出なきゃならないのに……寝つくだけでも苦労する人なのに……私はその場に氷のように立ちつくすばかりだった。ところがそうしていると、心はぐっと楽になった。無視されて何だか恥ずかしい気もしたが、そのために気が楽になったことも事実だ。優しくて誠実な人だもの、優しくて誠実な夫なんだもの、過ちを犯したのは私なんだもの……私はずっとそれだけを呪文のようにつぶやいた。

*

その後も私はずっと、夫と話そうとして努力した。寝室に座って一緒にテレビを見ているときや、二人で資源ゴミを分別するときなどにふっと話を切り出した。どうして何も言わないの？　私の話、嘘だと思ってるんですか？　私は何をどうしたいという気もなく、計画もなく、そう尋ねた。といってもちろん、その言葉を口にするのが簡単だったわけではない。私が言わなければ、口をつぐんでいればすべてが収まっただろうけど、ただ少々の恥ずかしさと、物扱いされているという思いさえなければ何の問題もなかっただろうけど、そんな感情はときどき私を耐えがたくさせた。私はずっと口の中でくり返してきた言葉をやっとのことで切り出した。だが夫の反応はいつも同じだった。私が話しかけると浴室に入ったり、ベッドに寝て背中を向けたりした。閉め切った浴室の前で話しつづけても、返ってくる言葉はない。

わざと遅く帰ったこともある。彼に会えなくても一人で飲み、富川駅前の広場をぶらつき、小学校の隣の空き地を歩き回って、真夜中の十二時を過ぎてから帰宅することも多かった。そんな日には彼にずっと電話したが、連絡がついたことは何度もなかった。夫は相変わらず一人でご飯を作って食べ、皿洗いもきれいにすませて、寝室のベッドで眠っていた。私はシンクの横にきちんと干してある布巾を見てから、寝ていた夫を起こしたこともある。酒を結構飲んだ日だった。

私をばかにしないでよ。何とか言ってよ!

私は夫に向かって叫んだ。

私が、私が、別の男の人とつきあってるんですよ! それでもあなた、何ともないの? 夫は上体を起こして座り、眉をしかめた。私の顔をしっかり見ることもせず、ずっとうつむいたままだった。床に置かれた目覚ましをちらっと見た。

俺にどうしろと?

夫はまだ寝ぼけた声で言った。

おまえが――おまえがよく考えて判断すれば、それでいいんじゃないのか？

夫はベッドの横に置いてあった水を一杯飲んで、また横になった。私は夫にもっと何か言おうとしたが、それができなかった。何だか自分がどんどんばかになっていく一方みたいに思われた。夫の言葉に何とか返事しなくてはならないのに、私たちはもっと言い争った方がいいと思っているのに、何の言葉も出てこなかった。私の意思とは関係なく、ただもうだるくて、全身の脈がほどけてしまったような気分だった。無生物になってしまったようだった。

実際、
私は夫との最後の何か月かを、ずっとそんな状態で過ごした。
呆然としたまま。
何も考えられないまま。
海の深いところの、からっぽのさざえの殻のように。

＊

さっきからずっと、ある歌の歌詞が頭の中から離れない。

私はふだん歌うことが好きでもないし、歌をよく聴く人間でもない。知っている歌もほとんどないし、カラオケに行ったのもはるか昔のことだ。鼻歌が癖になっているような人間でもないのだが、メロディとともに歌詞がずっと浮かんでくる。壊れたカセットテープのように同じところを反復して、文を書くのを妨害する。今、警察署で調書を書いているのに、歌だなんて。夫を殺した罪を供述しているこの場面で歌だなんて。場違いだと思うけど、そう思えば思うほど歌は途切れることなく続く。だから私はあえて、その歌の歌詞をここに書き写しておくことにする。

誰も訪ねてこない　淋しい山荘に
もみじの葉だけが　降り積もっていく
世に捨てられ　愛を退けて
病み疲れたこの胸を抱え
再生の道を　一人わびしく生きていく

この歌を誰が作ったのか、誰が歌ったのか私は知らない。歌のタイトルが「山荘の女人」だということは知っている。母さんがときどき歌っていた歌だから。だけど、何でこの古い歌がしきりに思い浮かぶのか？　私が今、感情的になっているからだろうか？　歌詞に出てくるその女性と私の立場が同じだと思っているのか？　歌詞が書かれたこの調書を見たら、たぶんハ・ジュニョン課長はそう思うかもしれない。でも違う。そうじゃない。私はあの歌詞の中の女とは別人だ。私は世に捨てられたと思ったこともないし、愛を退けたこともない。病み疲れた胸を抱えてばかみたいに寂しく暮らしたこともない。私には、その人は本物のばかなんじゃないかと思える。そう思うのに、心はほんとに痛むのだ。それはたぶんあのメロディのせいだろう。私が今その歌を思い出したのは、ひょっとしたら歌詞じゃなくてメロディのせいかもしれない。ときどき私はメロディのせいで歌詞にだまされてしまうから。メロディのせいで、歌詞を見誤るから。

今の私の感情と似ているのは、ここには書くことができないあの歌のメロディだけだ。

＊

当時、私は、それが何なのかまるでわからなかった。

初めはただ、体じゅうの関節がちょっとずつゆるんだような感じ、体の全重心がふくらはぎの下までおりてきたようなだるさ、それでいて頭はずっとぼんやりして重い状態、そんな体調が何日も何日も続いた。まるで、一面にたちこめた霧のまん中に立って、いっときだけ吹いてはすぐに止む湿った風に吹かれているような気分だった。私はガン、貧血、肝炎などを疑った。近所の病院で検診を受けたこともある。尿検査もやったし血液検査も受けたし、レントゲン撮影もした。だが、これといった問題は見つからなかった。医師は私と向かい合って座り、カルテをじっくり見てちょっと声をひそめ、精神科でカウンセリングを受けることを勧めた。私は医師の言う通り精神科に行こうかと思ったが、しかし行かなかった。何しろ幼稚園教師なのだから、精神科の診療記録が表に出たらいいことはないと、そんなさなかにも懸念したのだ。

私はその状態で何度も彼に会っていた。彼が私の上で荒々しい息遣いをしていても、私は何も感じなかった。そのころには彼に話しかけることもほとんどなく、行為が終わったら機械的に服を着て、鏡もろくに見ずにモーテルを出ていた。家の近くまで連れていってくれる彼のワゴン車の中でうとうとしたこともある。何でこんなに疲れるんだろう、早く帰って横になりたい。私にとってはそれだけが切実な願いだったのだ。彼はぶすっとして、何かあったんですかと聞いたが、私は答えなかった。すると彼もそれ以上は何も言わなかった。

幼稚園でも私はよくぼーっとしていた。外遊びの時間や、子どもたちと一緒に近所の公園や遊び場に出かけて帰ってくるときなど、私は時間がざっくりと切り取られたような気持ちになることがあった。いつそこへ子どもたちを連れていったのか、そこで何をしたのか、思い出そうとしてもはっきり思い出せることがない。もしかして子どもを何人か置いたまま帰ってきたのではないかと思うとどっと怖くなり、白木の椅子に座っている子どもたちの頭数を何度も数え直すこともあった。一人ひとり名前を呼び上げたこともある。そのたびに子どもたちはおもしろがって、大声で答えた。

夫はいつもと変わらなかった。いつもちょっと赤く上気した顔で帰宅し、帰ってくるとまず掃除をし、合間合間にプロ野球中継を見ていた。私に何か尋ねることもなかったし、いらいらすることもない。夫がテレビを消すと家の中は静かで寂しく、そのたびに私は何となく、家のあちこちがちょっとずつちょっとずつ縮んでいくような錯覚に陥った。夫は私に断りもせずに寝室の電気を消し、ベッドに横になる日が多かった。私はそのたび、当然のように夫に従ってベッドに横になった。全然眠くなかったが、不思議なことに夫と一緒にベッドに横になっているとそのうち寝てしまう。夢も見ないし悪夢にうなされもしない、さっぱりした睡眠だった。

いっそ、夫がもっと早く電気を消して寝てくれたらいいのにと思ったこともよくある。ぼんやり座って夫がベッドに行くのを待っているのは、私にとってはなおさら疲れることだった。いつの日だったかたった一度、途中で目が覚めたことがあった。誰かが私の胸をぎゅうぎゅう踏みつけているような気がしたからだ。だが眠りから覚めてみると、私のそばには誰もいない。夫はもう出勤しており、窓の外はまだまだ暗い。私はしばらく胸に手を載せてぼんやりと天井だけを見つめた。本当に精神科に行くべきなのではないか。自分はずっと何か夢を見ていたんじゃないかと振り返ってみた。だが、どんなに考えてみても夢を見た記憶はない。夢ではなく、ほんとに誰かが私を踏みにじったような気がして、その生々しさにぞっとした。私は自分が本当におかしくなってしまったのかと疑いだした。そして、疑うのが嫌だったから、初めから自分については何も考えるまいと努力した。そういう日々だった。何も考えない日々。

そんな日々の中で、あのことが起きたのだ。

＊

パク・チャンスは、一時期は通信社の代理店で次期社長と期待されていたと、私に言った。

三十歳で結婚し、息子が一人いて、ソウルの阿峴洞《アヒョンドン》に自分名義のマンションと中型車を所有していたこともあるという話だったが、それはちょっと信じられそうになかった。たとえそれが事実だったとしても、私と初めて出会ったときの彼は家族に見捨てられた、無一物の、ドヤ街に住んで現場仕事を転々としているアルコール依存症患者にすぎなかったから。彼は、すべては賭博とサラ金のせいだと言い訳がましく言った。

私は二〇〇六年から、母さんから譲り受けた東仁川のカフェとチョンセの家をすべて処分して、ソウルの吉音洞《キルムドン》で小さな飲み屋をやっていた。吉音市場のそばの狭い路地の中にある店で、テーブルも四つしかなく、看板のネオンサインも契約時から全部故障していたが、保証金も月家賃も安く、何よりも厨房の裏に生活できる部屋がついていたので私は迷わず契約書にハンコを押した。そしてその部屋で、何年か間を置いて二人の別の男と短い同棲生活を送った。

パク・チャンスとは二〇一三年に同棲を始めたが、ふだんは話すときもひそひそ声で、とても恥ずかしがり屋の彼が、酒さえ入ればまるで変わってしまうのだった。何の理由もなく、店に来ている他のお客をにらんだり、ピーナツや干し鱈などを投げつけたりし、そこからはもう際限なく悪態をついた。こじきみたいな奴らめ、ゴミみたいな外道ども、そして何とか野郎とかかんとか野郎とか……彼はよく飲み屋のお客さんに胸ぐらをつかまれ、ときどき店の外に投げ飛ばされたりし、そんなとき私が出ていって止めたこともある。彼は体重が六十キロもない上に、三度の食事もちゃんと食べられなかったから、誰かを殴ったり真っ向から喧嘩の相手になれるような人ではなかった。できることといったらせいぜいリモコンを投げつけたり、お膳を引っくり返したり、どこの道にでも伸びて眠ってしまうことぐらいだった。

とはいえ、うちの店で飲むときには私が止めてやれたが、外で飲むときはお手上げだった。彼はよく誰かに殴られて帰ってきた。マンションの建設現場で会ったインドネシアの男の人につべこべ言いがかりをつけて顔を殴られたこともあったし、コンビニの外のビーチパラソルの下に座っていて、運転代行の運転手たちに集団リンチを受けたこともあった。彼は誰かにやられて帰ってきた日には息子の名前を大声で呼んだり、妻の名前を呼びながらずっとごめん、ごめんと号泣していることもあった。私にはこのクソアマと言った。私はそんな彼を何とかして眠らせようとしたが、頑張っているうちに疲れて自分の方が先に寝てしまったこともある。そんな日の翌朝、目が覚めると、彼は私の靴下まで脱がせて浴室のドアの前にきちんと置いたまま、その横で眠っていたものだ。

なあスッキ。

あるとき彼が遅い朝食を食べている途中で手を休め、うつむいたまま言ったことがあった。

おまえ、何で俺と暮らしてるんだい？

私はお箸を持ったまま、黙って彼を見た。

そうだ、それは私にもちゃんと答えられない質問だった。彼が気の毒だとかかわいそうだとか、そんなことではなかった。気の毒だなんて、かわいそうだなんて。私は誰かにそんな気持ちを抱くような人間ではない。彼がお金を稼いでくれたわけでもなかった。彼は経済観念がなくて、ポケットにあるだけ全部私にくれてしまったり、前後をわきまえず使ってしまったりした。そのくせ私からタクシー代やタバコ代をもらっていくのだ。他の店のりっぱな立て看板を蹴って壊し、弁償したことも何度かある。酒を飲まないときはかなり家事も手伝ってくれたが、そんなことは月に二、三度もない。私はもっと長時間、彼のために頑張らなければならなかった。睡眠もろくに取れなかったし、部屋に座ってのんびり休むこともできなかった。彼と暮らすことにあえて理由があったとすれば、まさにそのことではなかったか？　ろくに眠れず、のんびり休むこともできない生活。静かであればあるだけ、平穏であればあるだけ、私は考えつづけてしまうから。考えることに耐えられなくて、いつも他の男たちと同棲していたのだから。

あなたが私から離れていかないからでしょ、きっと……

私はその日、パク・チャンスにそう答えた。それはあなたが私をいちばん疲れさせてくれるからだよ。早朝に起きて買い出しに行き、チキンも揚げ、テーブルもかたづけなくちゃならない私を一時も放っておいてくれないから。ある日などは疲れすぎて早く寝たいのに、あなたのせいで寝られないから。そんなときには私の体と心のすべてが、ただあなただけに向かっているから、だからあなたと暮らすんだと……私は彼にそんなことを延々と話してやりたかったが、しなかった。そんなことを言ったらまた考えごとが増えてしまいそうだったから。

パク・チャンスは私の返事に何とも言わず、あれでもない、これでもないとおかずをつつきまわすだけだった。

そんなパク・チャンスがまったくの別人になってしまったのは、半年ほど前のことだ。酒も全然飲まないし、決まった時間に寝て、配管技術を勉強し、月給を貯金する人に。自分の靴下と私の靴下を手洗いし、飲み屋の厨房の詰まったガス台を二時間以上もかけて苦労して直してくれて、婚姻届を出そうと私に言うような人に……私をまた考え込ませるような人に……

だから、この供述書はまさにその変化をめぐる話でもある。

*

私の夫はトラックの中で息絶えたまま発見された。

警察が発見した当時、夫のトラックは烏耳島の海上公園近くの防波堤の下に転落しており、夫はその中にいた。二〇〇〇年十月二十日から二十一日に日付が変わって深夜一時ごろのことだった。警察は当初、飲酒運転による墜落死亡事故と判断していた。夫の血中アルコール濃度が高かったからだ。だが、事故の四日後に解剖医の所見が届いて以降、夫の事件は交通事故から一般殺人事件へと転換され、まったく違う方向へ流れていった。私が始興警察署の凶悪犯罪課に呼び出されることになったのは、まさにそのころだった。

刑事たちはその日の夜の私の行動について執拗に質問を重ねた。なぜ幼稚園に行かなかったのか？　母親の家に行ったときの交通手段は？　行く途中に寄ったところや、会った人はないか？　母親の家には何時に到着したか？　私はそれらの質問に残らず答えた。もちろんそれは全部、嘘だった。事故の翌朝早く母さんの家にやってきた彼が指図した通りに、彼が作ってくれたアリバイ通りに答えただけだ。体の調子がよくなかったんです。母の家に着いてからはずっと寝てました。刑事たちは彼についても聞いた。チョン・ジェミンさんをご存じでしょう？　あの日もしかしてチョン・ジェミンさんに会いませんでしたか？　いいえ、会いませんでした。電話は？　電話でも話しませんでしたか？　はい、話しませんでした。私は刑事たちの質問に、長々と考えてからつっかえつっかえ答えた。あの日彼と私が会わなかったという事実は、彼と一緒にいた友人たちと、飲み屋の主人が証明してくれた。通話記録も出てこなかった。私は通話記録が出てこない理由もよく知っていた。彼は事故の翌日、自分が使っていた他人名義の携帯を安養の川まで行って捨ててきたのだ。母さんは……自分が見た通りのことを警察に話した。夜中の二時ごろに家に帰ってきたら、娘がぐっすり眠ってたんですよと。

聞かれたことに全部答えたが、しかし刑事たちはくり返し、くり返し、私に質問した。後に私は、始興警察署の刑事たちとやりとりした言葉を何度も思い出してみたが、おそらくあのとき刑事たちは私よりも彼の方を疑ったのだと思われる。女一人に可能な犯行とは思わなかったのだろう。そしてチョン・ジェミンもまた、そのように自分が疑われていることをよく知っていたらしい。でなければすべてがただめんどうくさく、厄介だったのだろう……汚い男ども。

ふだんの旦那さんとの関係はどうでしたか？　刑事は私にそんなことも尋ねた。私は答えずに刑事の顔ばかり見ていた。旦那さんはお酒もあまり飲まなかったようですし……周辺の人たちが全員、優しくて誠実な人だったと証言していますし……私は、刑事が私にどんな答えを望んでいるのかよく知っていた。だから私はなおさら言わなかった。すべてを言ってしまいそうになった瞬間もあった。旦那さんはキム・スッキさんとチョン・ジェミンさんの仲を疑ったことは一度もなかったんですか？　それはなかったと、私は答えた。そりゃまた、ずいぶんうまくやったもんですね、でなきゃ旦那さんがちょっと鈍いとか……あのとき私は机を押しやって、そのまま席から立ち上がりそうになった。立ち上がって全部しゃべってしまうところだった。そうです、全部私がやったんです。私がそこに行って夫に会い、トラックの中で彼を追及したんです、そしたら夫が近くのよろず屋に行って焼酎を買ってきたんです。酒を飲んだ後もちゃんと話をしてくれなくて、うとうと居眠りまでするから、それで私がトラックにあったパイプレンチで夫の後頭部を殴りつけたんです。そんなつもりじゃなかったけど、いえ、どんなつもりだったかわからないくらい気が動転して、ずっと殴りつづけました。話し合うべきことをちゃんと話さないから、私、耐えられなかったんです。夫がハンドルの上に突っ伏した後もずっと、もう夢中で、夫を殴ってました。それだけじゃ怒りが収まらなくて、夫のトラックを防波堤の下に突き落としたんです。トラックを押すのはとても大変で、ギアをニュートラルに入れた上に、大声を上げながら押して、押して、また押しました……

私はそう言いたかったが、でも、そんなことは一言も口にできなかった。取り調べ室の中にはしきりに他の刑事たちが入ってきて、そのたびにまた変な匂いがした。古いコートからするような匂いだった。彼らはときどきお互いに笑いながら話し、私のそばに立って、私の頭のてっぺんを見おろしたりもした。私はその匂いにも視線にも耐え抜いた。チョン・ジェミンのことを思ってがまんしたともいえるけど、それはやっぱり、あのときの私がぼーっとしている時間の方が長かったからだ。何も考えておらず、何の意思もない状態。ただただ眠くて、すべてに疲れている状態。結果的に、そんな状態だったことがあのときの私を助けてくれた。警察は四か月近く捜査を続けたが、他の証人も物証も見つからず、事件はそうやってうやむやのまま未済処理されてしまった。

＊

夫がいつから私に睡眠導入剤を飲ませていたのか、正確なところはわからない。私がチョン・ジェミンとの関係を告白する前だったのか、またはそれ以後なのか、それさえ私にはわからない。私はただ、夫が死んだあの日、家の前に出してあったゴミ袋から、猫がめちゃくちゃに引っかきまわしたあのゴミ袋の中から、睡眠導入剤の空のパッケージを一山発見しただけだ。夫が飲んだのだろうか？　初めのうち私はそう思ったが、それにしては量が多すぎる。同時に、この何か月間か私に起こったさまざまな症状や、自分自身も理解できなかった行動が一つ、二つとよみがえってきた。やめようと思っても、一度浮かんだ考えは頭の中から容易に消えてくれない。

私はその日幼稚園に出勤しなかった。そして午後遅く夫に電話した。夫に電話をするときすでに、手がぶるぶる震えていた。夫は烏耳島の近くのマンション新築工事の現場へ貨物を運んでいくところだと言った。それを聞くや否や、私はゴミ袋から取り出した薬のパッケージをバッグに入れてすぐに家を出た。そして最初に来たタクシーをつかまえた。タクシーの中でも私はずっとがたがた震えていた。

その後も長い間、私は、果たして夫がどうやって私に気づかれずに睡眠導入剤を飲ませることができたのか気になっていた。だがパク・チャンスによってその疑問は自然に解けた、というのは今年の初め以来、ときどき彼にそれを飲ませてきたからだ。近所の病院で処方してもらった睡眠導入剤は、インゲン豆よりも小さいピンク色の丸薬だった。一回に三錠ずつ。それでも効かなければ、五錠ずつ。薬剤師は私に親切に説明してくれた。前はちょっと副作用もあったけど、このごろのは大丈夫ですよ。だからって頼りすぎないようにしてくださいね。薬剤師はそんな一言もつけ加えた。私はもらってきた睡眠導入剤を麦茶に溶かしたり、コーヒーに入れたりして彼に飲ませた。あるときビールにそっと入れて渡したこともあったが、その日はいちばん効果が早く現れた。そうすると私もちょっと休むことができた。私が疲れてしんどいと思うたび、彼から離れたいと思うたびにこっそり飲ませたが、しばらく時が過ぎてみるとそれが習慣になり、日課のようになっていった。

夫も私に、眠りたかったからだ、休みたかったからだと言った。それであれを少しずつ飲ませたのだと。真夜中に仕事に出なくてはならないのに、おまえがずっと話しかけてきて……自分でもどうしたらいいかわからないことをずっと質問してくるから……それで飲ませたと言った。そうやって静かに過ごしたらすべてがうまくいくような気がした、すべて元通りになりそうな気がした、全部おまえのためにやったことだと、焼酎を飲みながら言った。私はそんな夫の後頭部にパイプレンチを振りおろした。

それが何で私のためなの！　それがどうして私のためなのさ！

私は顔を赤くほてらせて、休まずに夫を殴りつづけた。私はあの瞬間、恥ずかしさに耐えられなかった。

＊

私の言いたいことはこれでおしまいだ。

これ以上つけ足すことも引くこともない。

私はこの文をパク・チャンスが読まないことを望む。この供述書を読んだハ・ジュニョン課長が彼に何も伝えずにいてくれることを望む。私には彼に対してすまないという気持ちがある。また、怖いという気持ちも小さくない。実際、彼がすべてを知るのではないか、私と同じように何か発見するのではないかと、それが気がかりな日がよくあった。気がかりではあったけど私は、彼に薬を飲ませつづけた。彼が酒をやめ、もう一度何かやってみようと決心したのは果たして薬のせいなのか違うのか、それを知りたいがためにまた、薬を飲ませた。

だからこの供述書を書いている今も、私は、そのことが本当に気になる。
なぜある者は殺人者になり、またある者は正常になるのか。
なぜある者は恥を感じるだけで、ある者は恥を知る者になるのか。
私は今もそれがわからない。

ずっと前に、
キム・スッキは

1

彼は見知らぬ人々の訪問を受けた。

済州島《チェジュド》の狭才《ヒョプチェ》海水浴場付近のとあるペンションの芝生の庭でのことだった。彼はちょうど昼食の準備をするため、炭火のグリルに肩ロース肉とエビ、エリンギを載せて、はさみとトングで一つ一つ小さく切り分けているところだった。梅雨も台風も収まった七月の下旬らしく、気温は高いが湿度は低く、そのためときどき吹いてくる風がさわやかに感じられた。七歳と五歳になる二人の息子は水泳帽をかぶったまま、彼の両隣に立っていた。子どもたちはペンションの左側に設置された子ども用プールで午前中ずっと、滑り台や浮き輪で遊んでいた。子どもたちの肩や首すじは赤く日に焼けており、ふくらはぎからは水滴がずっとぽたぽた落ちている。彼は軍手をはめた手でエビの殻をむき、やわらかい身を子どもたちの口にどんどん入れてやった。

思いきり開けた子どもたちの口、その後ろに見える薄緑に近い海の色、若草の匂いに似た堅炭の煙まで、彼はまるでそれらすべての風景は自分が作ったのだとでもいうように、それらすべての風景の中にあって自分も一定の位置を占めているというように、意識して派手な笑顔を作ろうと努めていた。結婚九年目にして初めての、夏休みの旅なのだ。ひょっとすると彼はそのせいでふだんより感傷的な、特別な気分になっていたのかもしれない。まるで風や日光に細かいメンソール成分が含まれているみたいで、アルコールを染み込ませた綿がみぞおちにあてられているみたいで、彼の内部から何かが絶えずふるふると揮発していくような気分だった。だがそんな彼の気分は、それからたかが一時間も過ぎないうちに、正反対の地点へといきなり墜落してしまう。

北欧風の白いペンションの建物から、妻が小さなテーブルを持って出てくるのが見えた。大きな麦わら帽子に、足首まである空色のロングスカートをはいた妻。子どもたちが先に妻を見つけて手を振った。彼もはさみを持った手を上げて振った。妻は子どもたちを見ながらゆっくりペンションの玄関先の階段をおりてきた。そして……それとほぼ同時に、黒い乗用車が一台、耳障りなブレーキ音を立ててペンションの正門入り口に乗りつけた。

車からおりた男は二人いた。一人はサングラスをかけており、もう一人はノーネクタイのスーツ姿で縁なしのめがねをかけていた。男たちはまっすぐに彼に近づいてきた。

「チョン・ジェミンさんですね？」

サングラスをかけた男が尋ねた。男はコーティングされた身分証を差し出し、自分たちはソウル地方警察庁長期未済事件専門担当チームから来た者だと述べた。サングラスをかけた男が何ごとか彼に話しかけてやめ、後ろに立っているスーツ姿の男の方をちょっと振り向いた。スーツの男は彼のそばに立っている子どもたちをちらっと眺め、無言で短くうなずいた。

「ちょっと私どもにご同行願いたいのですが。少々確認したいことがありまして……」

彼は持っていたはさみとトングをおろした。妻が両手でテーブルを持ったまま、彼のすぐ後ろに立っていた。

「どういった件でしょうか？　私は今、家族と休暇中で……」

「ちょっと一刻を争う問題なんです。道々お話するのではいけませんか？」

男は厳粛な声で言った。だが、話している途中もしきりにきょろきょろと、ペンションの後ろの海の方を探り見ていた。男は、彼の態度や返事の仕方などには何の関心もないように見えた。何か、完全に決められた仕事を遂行している人のように、熟練した業務を処理している会社員のように感じられた。男のそんな様子は彼に十分に威圧的に迫ってきた。彼は手にはめていた軍手をはずして妻の顔を見た。妻はテーブルを下に置き、二人の息子と手をつないだ。妻が彼らに、どちらからいらしたのですかともう一度尋ね、こんどはスーツの男がゆっくりと、ソウル地方警察庁長期未済事件専門担当チームだと教えてやった。スーツの男の声は重低音で、サングラスをかけた男と同様、親切だった。スーツの男はそう言って、妻に軽く頭を下げてあいさつした。彼はさっと妻と目を合わせた後、大したことはないよ、先に食べていてくれと言った。そして男たちと一緒にペンションの正門の方へ歩いていった。

「あの、済州市の方へ行くんでしょうか?」

彼は車が出るや否や、運転席に座っているサングラスの男の後頭部に向かって尋ねた。

「違います。ソウルへ行きます。三時三十分の飛行機ですよ」

サングラスをかけた男は後ろを振り向かずにそう言った。彼は座った姿勢のままで、自分のはいているサンダルとウエストにゴムの入った紺色の半ズボン、袖なしの白いシャツを見おろした。幸い、半ズボンのポケットに携帯と財布は入っていた。

「いや、あの、何のために行くのか教えてもらわないと……あのペンション、明日までの予約なので……」

彼がそこまで言ったとき、隣に座っていたスーツ姿の男がさえぎった。

「チョン・ジェミンさん。キム・スッキさんってご存じでしょう?」

スーツの男は彼の顔をまっすぐ見ながら言った。

「彼女が自首してきたんですよ」

彼は黙って眉間をちょっとしかめた。それから、何かを思い出そうと努めているように、助手席のシートの折り返しの部分をじっと見つめた。

「さっきはご家族の前だから詳しいことは申し上げませんでしたが、キム・スッキさんとの関連で、至急確認しなくてはならないことがいくつかあってですね。何のためかは……申し上げなくてもよくご存じでしょう?」

彼はその言葉にも答えず、沈黙を守った。車は滞りなく海岸道路へさしかかっていた。

2

今から十五年前の二〇〇〇年十月二十日金曜日の夜十一時ごろ、青い一トントラック一台が京畿道始興《シフン》市烏耳島《オイド》の海上公園近くの防波堤の下に転落した。トラックは転落するとき一度転覆した後、車体の底がすっかり上を向いた状態で砂浜に打ちつけられ、ちょうどシーソーのように、荷台が下、運転席が上向きになってしまっていた。夜中の一時ごろ、その近くにドライブに来ていた二十代前半の大学生男女が事故に遭ったトラックを発見し、ただちに警察に通報した。そのときもトラックのヘッドライトはついたままで、まっ暗な夜空に向かって銀色の光を、遠くまで、また静かに放っていた。エンジン音は波と風の音に埋もれてほとんど聞こえなかった。

事故の最初の目撃者である大学生男女は後に、引っくり返ったトラックの運転席の窓ガラスの外に飛び出している人間の肩をはっきり見たと陳述した。自分たちは防波堤の上から何度も、あのー、大丈夫ですかーと叫んだが何の反応もなかった、怖くておびえていたから、まさか近くまでおりていくことはできなかったとも言い添えた。

警察が到着して事故を調査していく中で、異常な点が一つ、二つと見つかった。トラックの中からは運転席に座っていた男一人だけが発見されたが、彼は警察が現場に到着する前にすでに死亡した状態だったことがわかった。血中アルコール濃度は〇・二九パーセント、高度の酩酊状態である。そこまでは飲酒運転による墜落死亡事故の状況という以上でも以下でもなかった。だが、運転席のハンドルや計器板などに衝撃による大きな変形が見られなかった点、運転者の胸腹部や脚などにも特に負傷の痕跡が見当たらない点、にもかかわらず運転者が死亡に至った点などが警察の最初の報告書に記載された。飲酒運転による墜落事故という結論には論理上の欠陥はなかったが、それによって死亡に至ったという結論の方は穴だらけだった。警察はただちに、死亡者の解剖を行った。

解剖医によって明らかにされた運転者の正確な死因は、後頭部損傷だった。交通事故死亡者にはめったに見られない手首や指の防御創の痕が多数発見され、トラックの助手席に置かれていた死亡者のジャンパーの肩付近、背中、手首といった部位からも多量の血痕が検出された。死亡者の後頭部には何か丸い物体で打撃を加えたような、半月形の定型損傷が集中していた。

当時、捜査を行った始興警察署の担当チームの事件記録を調べてみると、解剖結果が届いたすぐ翌日から、交通事故ではなく一般殺人事件に転換して周辺の聞き込み捜査が展開されたことがわかる。捜査チームは死亡者がキム・ジュンス（38）であることを突き止め、彼が土日には引っ越し屋で、平日は九老《クロ》の工具街や安山《アンサン》の半月《パヌォル》工業団地で契約職の貨物運転手として働いてきたという事実を割り出した。飲酒運転の前歴はなく、その他の前科記録も出てこなかった。ときどき睡眠導入剤を服用していた事実はあったが、債務関係が一切ないこと、特に恨みを買うような人物ではないことなども周辺人物の証言によって明らかになった。保険は対物、対人、自損すべて遅滞なく納付されており、他に三年前から一億ウォンの死亡保険と、毎月一定金額を払い込む年金貯蓄型保険にも加入していた。別に保険のことだけが理由ではなかったが、捜査の方向は自然と、死亡者の妻及びその周辺人物に絞られていった。そして何日もしないうちに捜査チームは、死亡者の妻に過去二年間関係してきた男が存在するという事実を突き止めた。

3

「十五年前のことですから……」

彼は取り調べ室でスーツ姿の男と向き合った。男は取り調べ室に座るとまず名刺を差し出した。ハ・ジュニョン課長。それが男の名前と職責だった。取り調べ室は思ったより暗くなく、一方の隅には大きな「幸福の木」の植木鉢も一つ置いてあった。その反対側の壁の隅には一人用のソファーと空気清浄機が置いてある。取り調べ室のまん中にあるテーブルの上にはノートパソコンとバインダーがあり、テーブルから四、五歩離れた壁の前には三脚つきのビデオカメラが据えてあった。窓がなく、空気清浄機が回っている部屋。彼はわずか三時間で済州島の狭才ビーチから、この五坪足らずの場所へ移動してきたのだ。そんな急すぎる移動のせいかどうかはわからないが、彼は自分が苦労して作り上げた風景の中からぽんと捨てられたような感じがした。

「正確には十四年と九か月前のことです」

ハ・ジュニョン課長は彼の目を見ながら言った。

「つまり、公訴時効までまだ三か月ほどあるんですよね。それで私どもが少々忙しくなったわけです」

ハ・ジュニョン課長は彼と年代が近そうに見えた。背が高くやせていたが、手の甲や喉仏のあたりには太い血管が浮き出ている。透明なめがねのレンズとぱりぱりに糊のきいたシャツ。髭剃りあと一つない端正な細いあごの線。場所のせいもあっただろうが、彼はハ・ジュニョン課長の顔に一種の執拗さのようなものを感じ、そのことがなぜか彼を少し気後れさせた。目上の人と差し向かいで座っているような気もした。

「正直、こんなケースは初めてで……私どももちょっと戸惑ってしまいました」

ハ・ジュニョン課長はテーブルに置いたバインダーを手のひらで軽くたたきながら言った。

「キム・スッキさんはそれがわかりきっているのに自首したわけです。三か月残っているということを……」

彼はテーブルを見ながらうなずいた。賛意を意味するのではない。単に、ハ・ジュニョン課長への礼儀を表したまでだ。

「あまりに昔のことですから、よく思い出せなかったら私どもがお手伝いすることも可能です。ここに、以前、始興警察署で作成した参考人供述調書もありますし……」

ハ・ジュニョン課長が彼の前にバインダーをちょっと押した。彼はその中に何があるか、おおむね予想がついた。

十五年前、彼とキム・スッキは始興警察署の凶悪犯罪課から順に呼ばれ、長時間かけて参考人供述調書を作成しなくてはならなかった。二〇〇〇年十月二十日金曜日の夜八時から翌日の真夜中一時までのすべての行動、事故が起きた夜の記録……あのとき彼は夜七時から八時まで富川《プチョン》市春衣洞《チュニドン》にある食堂で牛肉スープの夕食をとり、また夜九時ごろからは富川市中洞《チュンドン》の飲み屋に移動、夜中の二時まで友人たちと酒を飲んだと供述した。彼が署名した参考人供述調書には、その日一緒に酒を飲んだ友人たちの電話番号と、食堂や飲み屋の商号がすべて記載されていた。キム・スッキはその日の夜七時三十分ごろ母親の家に行き、ずっと母親と一緒にいたと供述した。

「思い出せますよ。記憶ははっきりしています。忘れるわけはありませんよ。あのときもかなり長時間の取り調べを受けましたが」

彼はバインダーを確認もせずにそう言った。

「彼女もここに来ているんですか?」

彼が尋ねると、ハ・ジュニョン課長は黙って首だけ縦に振った。

当時彼らを担当した捜査チームは、彼とキム・スッキのアリバイを崩すために大いに努力した。彼の友人たち、飲み屋の主人、キム・スッキの母親から証言を取り、並行して彼ら二人の行動と通信記録も調べた。だが、他の証拠は発見されなかった。彼の友人たちやキム・スッキの母親は同じことを答えるだけだった。防犯カメラもなく、車両用のドライブレコーダーも常用されていなかったころのことだ。新証人も物証も出てこなかった。捜査はそのようにして四か月以上も行われたが、結局うやむやになり、終結してしまった。事件は未済処理された。

自首したっていうのか……彼女が自首したのか……彼は親指と人差し指で鼻の下をこすりながら、心の中で何度かそうくり返した。以前の彼はキム・スッキの名前を思い出すたび、しつこく自分の肩をつかむ、ある握力のようなものを感じた。それはうんざりするものだったが、また一方ではひやりとするのだった。だから彼はその名を思い出すたびに、わざと悪態をついたり、ローンの延滞利率のことなどを思い浮かべたりした。そうするとまた気を鎮めることができた。だが、今は彼女の名前を聞いても何ともなかった。そのことが彼にある種の勇気を与えてくれた。

「いいでしょう。こうなったからには、全部お話しします」

彼はテーブルの方へ椅子をもう少し引き寄せて座り直しながら、言った。

「ですが、私が一つ引っかかっているのは、以前に警察で取り調べを受けたとき、事実とはちょっと違うことをお話しした部分がありまして……」

彼がそう言って口ごもると、ハ・ジュニョン課長はちょっと沈黙してからこう言った。

「虚偽の供述をなさったんですね？」

「はい……ですから、それが今も問題になるんじゃないかと。その点がちょっと……」

「そんなことは心配しないでください。私どももすでにキム・スッキさんにある程度のことは確認していますから」

ハ・ジュニョン課長はノートパソコンの電源を押しながら言った。

「いずれにせよ、殺人と虚偽の供述では罪の重さが違いますよ。公訴時効期間自体も違いますしね。今になってそれが問題になることはありません」

ハ・ジュニョン課長は彼を見ながらにっこりと笑みさえ浮かべていた。

4

「さあ、それではまず、あの日の夜の話から行きますか？」

ハ・ジュニョン課長がワイシャツの袖をひじまでたくし上げながら言った。

彼は腰をまっすぐに伸ばして姿勢を正した。そして、その状態で首だけ動かして、ビデオカメラのレンズをちらっと見た。気をゆるめてはいけない、何気ない言葉が手がかりになることもありうる、でも俺にはもう何の罪もない、彼女がここで何を言おうが俺が問題になることはない。彼は軽く一度息をした。

彼はゆっくりと口を開いた。

「あの夜……電話を一本もらいました」

「キム・スッキさんからですよね？　それは飲み屋にかかってきた電話ですか？」

ハ・ジュニョン課長が首をかしげながら尋ねた。

「違います。私の携帯電話にかかってきたんです。彼女は公衆電話からかけてました」

「でもあのときチョン・ジェミンさんは、携帯をお持ちでなかったのでは？」

「自分名義のはなかったんですが、会社が他人の名義で作ってくれた携帯があったんです」

当時彼は幼児用教材の製作会社で、契約職の営業マンとして働いていた。ワゴン車の荷台いっぱいに、磁石つきの黒板やプラスチック製の果物切り遊び二十七種セット、形合わせパズルや木のマラカス、ケヤキの木の形になった数字並べなどを積んで走り回り、一年単位で契約している京畿道一帯の幼稚園に納品したりリースしたりする仕事、それが彼の業務だった。そうすると自然と、幼稚園の園長たちと電話で話すことが多くなる。園長の中には、納品の際に単価をふくらませて、契約金額の一部を別名義の口座に入れてくれと露骨に要求する人も多く、そのたびに彼は社長に携帯で電話し、金額の調整の指示を仰いだものだ。それは彼の重要な業務の一つだった。携帯は、社長が自分で契約して彼にくれたものだった。

キム・スッキと初めて出会ったのも、まさにそうした幼稚園の一か所でのことだった。

「もしかして、その携帯番号を今も覚えていますか？」

「018で始まる番号でしたが、全然思い出せません。その後すぐに捨てましたから」

ハ・ジュニョン課長はノートパソコンのキーボードに手を触れてまた離した。

「そうですか？　まあ、そういうこともありますよね。本当は私どもにとっては、そういうのがいちばん大事なんです。事実や、確認できる証拠物件といったものが」

彼は黙ってうなずいた。

「思い出したらお話しします。今は……」

「はい、いいんですよ。続けてください」

彼は両の手のひらを半ズボンにあてて一度こすった。それからまた話を続けた。

「それで……友人たちと酒を飲んでいたときに電話が来て、まわりがうるさかったので店の外に出て、雑居ビルの階段に座って話をしました。かなり長く話したことを覚えています」

「それが何時ごろでしたか？　キム・スッキさんから電話が来たのが」

「十一時ぐらいだったと思いますが、確実ではないです」

「では、事件がすっかり起きてしまった後で、キム・スッキさんがチョン・ジェミンさんに電話したんですね？」

「はい、私も電話で初めて知ったんです……キム・スッキさんがそう言ってませんでしたか?」

彼はハ・ジュニョン課長の顔を見ながら問い返した。

「はい、キム・スッキさんもそのように供述しました」

「でしたら、何で?」

「あ、誤解しないでください。これはあくまで事実関係の確認としてお尋ねしていることですから。私どもはキム・スッキさんの供述書の信憑性を確認する必要があります。気分を害されたのでしたらお詫びします」

ハ・ジュニョン課長は丁重にそう言ったが、それは何となく謝罪とは感じられなかった。

「大丈夫です。私はもしかして、彼女が違うことを言ったのかと思って……」

彼はそう言いながらそっと下唇を噛んだ。

「供述が食い違う部分があったら、そのつど私がそう言いますよ」

ハ・ジュニョン課長が言った。彼はまた供述を続けた。

「彼女が電話をしてきて、夫を殺したと言いました」

キム・スッキはあのとき、自分が夫を殺したと言った。受話器の向こうから聞こえてくる風の音と波の音のせいで、彼女の言葉はちゃんと聞きとれなかった。何ですか、何言ってんのか全然聞こえませんよ。彼はそう言いながら飲み屋の外へ出て、くわえていたタバコに火をつけた。夫を殺したんですよ、私が。彼女は一定のトーンの声で、淡々とそう言った。まるで、さっき夫の夕食を作ってすぐ出てきましたとか、今、夫の服にアイロンをかけているところですとでも言っているみたいだった。だから彼はしばらくの間、彼女の話が理解できなかった。そしてある瞬間に彼女が今、何を言っているのかがわかって固まったようになり、しばらくものが言えなかった。え、え、と何度か声を出しただけだ。先に彼女が、じゃあ切りますと言ったとき彼は初めてあわてて、ちょっと、ちょっと待って、切らないで、切っちゃだめですよ、と早口で言った。雑居ビルを出入りしていた人たちが彼の声にびくっと驚いてじっと見たりもした。彼は右手を額にあてたまま話しつづけた。

「それから何て言ったんですか?」

ハ・ジュニョン課長が聞いた。

「その他には……詳しいことは言いませんでした。あなたとは関係ないけどとにかく申し訳ないことになったとか、まあそんなことを言って、しきりに電話を切ろうとしてました」

「チョン・ジェミンさんとは関係ないと?」

「はい、何度も何度もそう言いました」

ハ・ジュニョン課長は腕組みをしたまま彼を見た。

「つまりキム・スッキさんは、どうして夫を殺したかとか、そういうことをチョン・ジェミンさんに話したわけではないんですね？」

「はい、それは私も後で、警察の取り調べを受けて知ったようなわけで」

二人の間にしばらく沈黙が流れた。ハ・ジュニョン課長は腕組みをした姿勢のままでノートパソコンの画面を見ていた。何かをじっくり考えているようにも見えたが、何となく、もっと別のことを話してくれるのを待っているようにも感じられた。だが彼は、うっかり自分の方から話を切り出したりはしなかった。彼はキム・スッキがどこからどこまで話したのか知りようがなく、またそのために不安だった。供述すればするほど、その不安はさらにふくらんだ。

「ではそのときチョン・ジェミンさんは何とおっしゃいましたか？　キム・スッキさんに？」

ハ・ジュニョン課長がまず口を開いた。

「私はもうそのとき、ちょっと度を失っていて……ともかくお母さんの家に行っていろと言いました。まずはそこへ行けと……」

「じゃ、そのときからもう話を合わせていたんですね？」

「違います。それは、その翌日私が彼女に会いに行ってからのことです。最初はただ、お母さんのところに行っていろと、そう言っただけです」

ハ・ジュニョン課長は納得したようにうなずいた。

「キム・スッキさんはチョン・ジェミンさんの言うことをおとなしく聞きましたか？」

「最初はうんともすんとも言わなかったので、私はちょっと腹が立ちました」

「言われた通りにしろって言ったんでしょう？　あ、これは、キム・スッキさんがそう書いているもんで……」

彼はしばらくハ・ジュニョン課長の言葉を頭の中で思い浮かべてみた。するとその言葉を言ったときの感情が鮮明に、何かぐにゃぐにゃにゃした違和感とともによみがえった。彼は思わず小さくため息をついた。

「はい、そうです。そんなことも言いましたね」

ハ・ジュニョン課長はその言葉を聞いて、ノートパソコンのキーボードを何度かたたいた。彼はおとなしくそんなハ・ジュニョン課長を見ているだけだった。

「それでもキム・スッキさんをずいぶん好きだったようですね」

「はい？」

「チョン・ジェミンさんは当時、キム・スッキさんをとても大切に思ってらしたようで」

「ああ、はい……」

彼は、それは違うと思った。

「っていうより……誰が見たって私と無関係には見えませんからね。そう思って、ちょっと不安になったというのが当たってます」

「そういえばそうかもしれませんね。そりゃ誰が見ても、チョン・ジェミンさんと関係のある事件に見えるでしょう」

「私はただ電話に出ただけなのに、急に罪を犯したような気持ちになりました。実際、あのときの刑事さんたちはそう思ってたでしょうし」

「はい、よくわかります。そうなるしかないですよね」

ハ・ジュニョン課長は本当にわかってくれているような表情を浮かべてみせた。その表情が彼の心を落ち着かせた。ぐにゃぐにゃした違和感もまた消えた。

5

ハ・ジュニョン課長は取り調べ室の外に出て、氷を入れたアイスコーヒーを二杯持ってきた。彼は冷たいコップの表面を額につけた。ぐっと気持ちが澄みわたるような気がする。ハ・ジュニョン課長は席につく前に、タバコを吸うかと彼に尋ねた。彼は四年前にやめたと答えた。そうですね、最近はタバコを吸う人はけだもの扱いですからね。ハ・ジュニョン課長はそう言った。外に出て戻ってきた彼の体から、うっすらとタバコの匂いがした。彼はその匂いが嫌ではなかった。

「さあ、それではまた始めますか？」

ハ・ジュニョン課長がそう言うと、彼はまた姿勢を正して座り直した。

「さっさと終えればチョン・ジェミンさんもまた済州島に戻れるでしょう。ともあれこのように協力してくださって、ありがたく思います」

彼は、済州島に残っている妻のことをちらりと考えた。妻には、何のためだと言ったらいいだろうか。何にせよ事実を話すわけにはいかないよな。仕事の関係――前の会社の仕事の関係だと言えばいいだろう。彼は心の中でそうくり返した。

「それ以前の話をしましょうか。事件以前のことです。もしや、事前にキム・スッキさんから何か他の話を聞いたことはありませんでしたか?」

「他の話とは、どんな?」

「まあ、あるじゃないですか。夫が死んだらいいのにとか、夫の悪口をひどく言うとか」

ハ・ジュニョン課長はコーヒーを一口飲みながら言った。

「特にそんな話をしたことはありません」

「これも少々気分の悪い話かもしれませんが、もしかしてチョン・ジェミンさんの方から、キム・スッキさんのご主人の話を切り出したことはなかったですか?」

少しゆるんでいた心が一瞬、ぴーんと張り詰めた。最大限に張り切ったゴム紐がぷつんと切れるような気もした。彼はハ・ジュニョン課長の目をじっと見た。

「彼女の夫の話はほとんどしませんでした。実は私、あのとき……」

彼は話をやめ、しばらく唇を噛みしめた。それからまた言った。

「彼女とはほとんど別れたも同然の状態でしたから。彼女はどうだったか知りませんが、私ははっきり、そう思っていました」

「別れたも同然っていうのは……」

「単に、ときどき会うだけの関係だったんです。あの年に入ってからはほぼ、月に一、二度会うか会わないか程度だったんですよ。私の方から別れ話を切り出したことが何度もあったんです」

「それはキム・スッキさんの供述書にはない内容ですね」

ハ・ジュニョン課長はノートパソコンの横のバインダーをめくりながら言った。

「彼女が何と言おうと、それが事実です」

彼はコーヒーに浮かんだ氷を見おろしながら言った。

「じゃあ、単なる、ひと月に一、二度会って、寝る間柄？」

「ええ……それに近いです」

ハ・ジュニョン課長は彼と目を合わせずに、うなずいた。

「どうしてそうなったんですか？　何か他の問題でも？」

彼はハ・ジュニョン課長の質問について考えた。他の問題、他の問題……問題だらけだったよなと、彼は思った。


私、子どもがすごく嫌いなんです。

ずっと前キム・スッキは彼にそう言ったことがあった。

何で私がこんな仕事をしてるのかもわかんないし、誰かに無理やり押しつけられてやってるような気もするし……

「空組」だったか「星組」だったか、彼が契約していた松内洞《ソンネドン》のとある私立幼稚園の教師だったキム・スッキは、彼のワゴン車の助手席に座ってそんなことを言ったものだ。契約満了まで間がなかったので、特に力を入れていた幼稚園だった。彼はキム・スッキだけでなく、園の関係者みんなに親切にしていた。キム・スッキは帰り道に何度か家の前まで乗せていってやっただけだ。だが彼女は家の前に着いてもすぐにおりようとせず、わけのわからない話を続けることがよくあった。

何でこんなことしてくれるんですか？

そう尋ねられたこともある。変な女だなあ。彼はそう思ったが、ただにやっと笑うだけで何も言わなかった。いや、まあ、好きだからですよ。四回目だったか、彼女から同じことを聞かれて、彼は本心でなくそう答えた。それで別にどうなるわけでもないだろうと思ったからだ。

彼女が結婚しているという事実を、それから何か月か経った後で知った。一緒に焼き鳥屋で酒を飲み、初めてモーテルに行った日だ。彼女は、モーテルには行くけど夜のうちに家に帰らなくちゃいけない、夫が心配するからと言った。結婚してたんですか？　彼が酔った目をぱちくりさせて聞いた。はい、二年前に……えー、いったい何歳なんですか？　二十五です。二十三歳で結婚しました。彼女は彼から目をそらさずにそう言った。ずいぶん早く結婚したんだね……それにしても、何で言わなかったんですか？　彼は上体を揺らしながら聞いた。聞かなかったでしょ、そんなこと。彼女はアクセントをほとんどつけずにそう言った。あ、ま、そうだよな。彼は大げさにうなずいた。そしてその話を二度と持ち出さなかった。

「最初からちょっと変な女でした」

「変というのは、どんな？」

「結婚してることも言わないで私とつきあっていたし、初めから会話もよく噛みあってませんでした。とんでもない話を並べたてたかと思うと急に口をつぐんだりして……」

彼は、昔の記憶を思い出しながら言った。それが事実だと、彼は思った。

「じゃあ、そういう問題があったために別れようと言ったわけですか？」

「それだけじゃないんです……」

彼はコーヒーを一口飲んだ。

「彼女が……私との関係を夫に全部話したと言ったんですよ」

彼がそう言うと、ハ・ジュニョン課長は何か思い出したようにバインダーの中を探した。

「ああ、はい。キム・スッキさんもそんなことを言ってました」

「そんなことも供述書に書いてるんですか？」

「はい、夫にも、何度か話したと」

彼は左手で片側の頬と唇をすーっとこすった。右手はそっと握りしめた。

「夫に話したと聞いて、別れる決心をしたんです。嫌な感じがして、不安にもなって」

「キム・スッキさんの夫のためにですね？」

ハ・ジュニョン課長が尋ねた。

「課長だったらどうなさったと思います？」

「私が？」

ハ・ジュニョン課長はしばらく沈黙を守った。だからといって、何か真剣に悩んでいるようにも見えなかった。ハ・ジュニョン課長はまた言った。

「私もやっぱり、チョン・ジェミンさんと同じようにしたと思いますよ」

彼はその言葉にうなずいた。

「営業職という立場からすると……とにかくちょっと不安だったのは事実です。いつ何時、彼女の夫だという人が訪ねてくるかもわからないし」

「キム・スッキさんの夫から連絡が来たことは、特に、ないんですね？」

「はい。旦那さんが何も言わなかったらしいんです。彼女とはかなり年の差があったそうですが、別に何の反応もないと……そんなことを彼女が何度か言っていた記憶があります」

ハ・ジュニョン課長がまた書類を見ながら言った。

「キム・スッキさんもそんなことを書いています。夫はそれを聞いても何ごともなかったように行動し、それが自分を恥じ入らせたと」

彼はハ・ジュニョン課長が言うことをまじめに聞いていなかった。何で俺が今、ここでこんなことをしてなきゃいけないんだ。心の中にしきりとそんな言葉が浮かんできたためだ。

「それでもずっと、会うことは会ってたんですね？」

ハ・ジュニョン課長が尋ねた。

「彼女が電話してきたり、会いに来たり、してました。そのときだけ会って……そういうことです」

「そうやって関係が続いて？」

「夫も何も言わないらしいし、時間も経ったしで、ちょっと無感覚になってたんですね。それで困るわけでもなかったし……」

彼はそう認めた。

6

「事件後、つまりその夜以後はどうでしたか？　その後もしばらくつきあってたでしょう？」

ハ・ジュニョン課長が尋ねた。

「六か月ぐらい、連絡が来て、何度か会ったりもしてました」

彼はしばし目を閉じて頭をそらした。そろそろ疲れが押し寄せてきた。

「しんどかったでしょうね？」

ハ・ジュニョン課長の質問に、彼は答えなかった。答えない方がいいと思った。彼はしばらくうつむいていた。

「もしやその後、キム・スッキさんに、どういうわけなんだとか、何であんなことやったんだとか、聞いてごらんにはならなかったんですか？」

彼はその質問にはすぐに答えた。

「聞きませんでした」

「その後、お二人の間でそういう話は全然出なかったんですか？　言い争いとかも？」

「会話とか……言い争いとか……そんな関係では全然なかったんです」

ハ・ジュニョン課長は何も言わず、彼がもっと話すのを待っていた。

「会ってもすぐに席を立っちゃうから……私の方から先にそうしてました」

「何か特にわけがあって？」

「ただもう私が……彼女に会うとぞっとするようになって。事件直後には気が動転しててわからなかったんですが、時間が経ってみるとだんだん……」

「ぞっとする？」

「いえ、気持ち悪いと言った方が合ってますね。一人で彼女のことを考えていてもそうでした」

「夫を殺した女だから？」

ハ・ジュニョン課長は短く切り詰めて尋ねた。

「ただ殺したわけじゃないでしょう？　酔った夫の後頭部をパイプレンチで殴って、一人でトラックまで突き落とすなんて……そんなこと……」

「まあ、トラックとはいっても、ギアがニュートラルになってましたからね」

「後で始興警察署で取り調べを受けているときに知ったんですが、彼女の夫には別に何も問題はなかったんですよね。誠実で、土日も働いて……」

ハ・ジュニョン課長は彼の言葉にうなずいてくれた。

「私は彼女に何も聞きませんでした。理由がどうであれ、私はただもう彼女が気持ち悪かったんです。手が触れただけでも、じめっとする感じ……だったんです」

彼は自分の声が大きくなったことに自分でも気づいた。彼はそのときまで握っていた右手の拳をそっと開いた。

彼がハ・ジュニョン課長に聞いた。

「彼女は何て言ってるんですか?」

「何をです?」

「彼女がなぜ夫を殺したかについて」

「あ、そのことですか?」

ハ・ジュニョン課長はすぐに言わず、しばらく間を置いた。

「さっきも申し上げませんでしたっけ? 羞恥心のためだというんです。今回自首したのもそのためだと……供述書はそのような趣旨で述べています」

7

「さあ、ではそろそろ、だいたいのまとめに入りましょうか」

ハ・ジュニョン課長はそう言いながら、椅子の背当てによりかかった。コーヒーに入った氷はもう全部溶け、形もとどめず消えていた。コップから垂れた水がテーブルに小さな円を作っているばかりで、彼は指でその円の輪郭をぼかして崩した。

「あ、そうでした、もう一点」

ハ・ジュニョン課長はそう言いながらまたバインダーの中を探した。

「これだ」

ハ・ジュニョン課長は書類を一枚取り出した。彼はまた両手をひざの上に置いた。

「二〇〇二年七月中旬ごろにですね、そのころキム・スッキさんから金を受け取ったことがあるでしょう?　六千万ウォン」

ハ・ジュニョン課長がめがねをかけ直しながら彼の目をのぞき込んだ。彼はその視線を避けまいとして努力した。だが、それは容易ではなかった。

「はい、そういうことがありました……」

「それはどういった性格の金ですか？　以前からお二人の間に債務関係が？」

「違います。そういうことはありませんでした」

「それじゃあ、この金は？」

ハ・ジュニョン課長はもう一度書類を見ながら尋ねた。

「正直、私にもよくわからないんです」

「そうなんですか？　これ、小さい額ではありませんよね」

彼は何も言わなかった。言えることは何もないと思った。言うべきことも思いつかなかった。

「金を送ってくるときにキム・スッキさんが連絡してくるとか、そういうことはありませんでしたか？」

「はい……ありませんでした。そのとき私はもうあの職場を辞めて、携帯も変わっていたので……」

「チョン・ジェミンさんも、その金をもらったときキム・スッキさんに連絡しなかったんですか？」

「はい……」

ハ・ジュニョン課長はうなずきながら、また椅子の背当てによりかかった。

「では、チョン・ジェミンさんはこの金をどういった意味で受け取られたんでしょう?」

彼はかなり長く沈黙した。それから言った。

「彼女がおわびのつもりで送ってきた金だと……それから、何か未練があって送ってきたのかなと……そう思いました」

「その金を使いましたか?」

彼は下唇を一度、そっと嚙んだ。そしてまたしばらく沈黙した。

「しばらくは使わずに取っておいたんですが、会社を作ったので、そのときに使いました……後で返せと言われたら返すつもりで……」

二人の間にまたひとしきり沈黙が流れた。誰かが廊下をあわただしく走っていく音が聞こえてきた。

「その金がどういう金か、ご存じでした?」

ハ・ジュニョン課長の質問に、彼は黙って首を振った。

「あれはキム・スッキさんの夫の保険金だったんですよ。そもそもは一億ウォンぐらいになるはずだったんですが、保険会社がそれしか払わなかったらしいです。よくわからない事故でしたからね。そのことはご存じじゃなかったですか?」

彼は、そういう金だろうと推測していた。だが、知らなかったふりをした。

「いえ、いいんですよ。キム・スッキさんも特にこのことは供述書に書いていませんから、大きな問題になることはないでしょう」

ハ・ジュニョン課長はそう言って、持っていた書類をまたバインダーの中に入れた。バインダーをトントンとテーブルに打ちつけて整えもした。彼はそのときになっても、黙って下を向いて座っていた。

「さあ、それではお帰りになっていいですよ」

ハ・ジュニョン課長が席から立ち上がりながら言った。彼も中腰になって立ち上がった。

ハ・ジュニョン課長は彼と握手をしながら言った。

「済州島からご足労いただき、ご協力くださいまして感謝します」

「いいえ」

彼は短く頭を下げながら答えた。

「後ほど必要があれば、そのときまた連絡を差し上げます」

「はい……」

「キム・スッキさんが供述書で、単独犯行だと自分ではっきり述べていますから、そんなに心配なさることはないですよ」

「はい」

「それでは、これで」

二人はもう一度お互いに頭を下げてあいさつをした。彼はゆっくりと取り調べ室のドアから外へ出た。

8

警察庁の正門を出ると彼はしばらく立ち止まり、自分がいた七階の取り調べ室を見上げた。あたりはもう暗くなり、銀色のビルのどの階にもオレンジ色の蛍光灯が灯っていた。無表情な顔でガラス窓の中に立っている人々の姿も見えた。あのビルのどこかに彼女もいるのだろう。そんなことを思うとまた以前と同じように、彼の肩をつかむ、ある握力のようなものが感じられた。彼はしばらく、その握力を感じながらじっと立っていた。

彼は警察庁の前の八車線道路を渡り、タクシーをつかまえるつもりだった。今日じゅうにまた済州島に戻るのは無理と思われた。いったん家に帰ってから妻に電話しようと思った。

妻一人で二人の息子を連れて飛行機に乗るのはちょっと大変だろうが、優しい人だから、会社関係の件だったと言えばわかってくれるだろう。彼はそう思った。

信号を待ちながら彼はふと、三年前の冬に彼女、キム・スッキに会ったことを思い出した。三年前のことなのに、まるで十五年前のある日起きたことであるかのように、彼はその事実をすっかり忘れていた。彼はぼんやりした表情で信号を見ながら、ずっとあの日のいくつかの場面を思い出していた。

その日彼は、彼が経営している幼児用教材製作会社の事務所の近くのコーヒー専門店でキム・スッキに会った。キム・スッキが会社の前から電話をしてきて、そこに行くことになったのだ。彼は逃げたかったが、逃げてどうにかなることではないと思った。そして一方では、一度ぐらい彼女の顔を見たいとも思ったのだ。そう思ったことが自分でも理解できず、彼は改めて、彼女が送ってくれた金のことを思い出した。あれのために訪ねてきたんだろう、そうだろう。彼は彼女と会うためにコーヒー専門店に向かいながらずっとそう考えていた。

だがその日、キム・スッキは彼に別に何も言わなかった。二人は三十分あまり差し向かいでコーヒーを飲み、別れただけだった。約十二年ぶりに再会した彼女は、以前に比べて驚くほどぽっちゃりしていた。腿まで隠れる黒いダウンにジーンズ、茶色のスニーカーという格好だったが、頬にも肩の線にも、以前の面影を探ることはできなかった。道で出くわしても気づかないほど変化した姿だった。それでまた彼はカチンときた。太るだなんて。何で太れるんだよ……彼は彼女と向かい合っている間、ずっと携帯で時間を確認していた。

私に……なぜあんなことしたんです？

彼女はコーヒー専門店から出る直前、彼にそう尋ねた。私になぜあんなことを？　無表情な顔で、二回。彼は彼女の質問に答えなかった。まるで何も聞かなかったように、反応しなかった。予想していたより早くコーヒー専門店を出た彼は、彼女と別れる直前にATMから現金三百万ウォンを引き出してきた。彼はその金を銀行の封筒に入れ、彼女のダウンのポケットに入れてやった。彼女はそんな彼を黙って見守っているだけだった。もう質問もしなかったし、彼の手をさえぎりもしなかった。彼はそうやって立っている彼女にそれじゃあと言って、また会社に戻った。彼は事務所に戻ってからもずっと、彼女の肉づきのいい肩や腿のことを考えていた。それから彼女の裾のほつれた古いダウンを……考えれば考えるほど気が滅入ったが、彼はしばらくそんな思いを断ち切ることができなかった。みすぼらしい、太ったあの姿。

彼は信号に従って道を渡った。夏休みのせいか、道路を走っている車は多くない。彼は道を渡った後、もう一度警察庁の建物を見上げた。あそこ、あのビルのどこかに彼女がいる。みすぼらしく太った、そしてすべてを自白した……彼はそんなふうに考えている自分自身をちょっと嫌悪した。そんな気分を忘れようと、彼は近づいてくるタクシーに向かって大きく手を振った。

誰にでも
親切な
教会のお兄さん
カン・ミノ

1

彼の恋人はP村にある私立高校の英語教師だったが、一年前の夏、教員研修の際に立ち寄ったマレーシアのコタキナバル市立のイスラム寺院で、まったくの別人になってしまった。時が過ぎた後で一つ一つ思い返してみると、あのイスラム寺院に行ったときから変わってしまったようなのだと、彼は演劇俳優みたいに一人で首を大きく左右に振りながら言った。

その教員研修には当時、同じ学校の物理の教師である彼を含めて全部で十四人の教職員が参加した。その年に三年生の担任だった六人の教師、教頭と教務主任、十年以上勤続の五人の教師、そして寄宿舎の舎監だ。費用の一切は学校を運営する財団が負担してくれたので、一種の褒賞兼慰労の休暇ともいえそうな三泊五日の研修だった。

コタキナバルに到着した初日に限っても、彼女はいつもと変わらず快活で、体調もよさそうだったという。彼女は部屋で荷物をほどくとすぐさまホテル付属の屋外プールに飛び込み、長いこと背泳ぎで泳いでいたが、ピンクのストライプのビキニを着た上に白い綿のT

シャツを着た姿だった。他の女性教師たちはビーチパラソルの下でデッキチェアに座り、そんな彼女を眺めているだけで、誰も水着に着替えはしなかった。当時彼と彼女は正式につきあい出してちょうど二か月過ぎたところで、それは同僚たちも生徒たちもみんなが知っている事実だった。彼は半ズボンのような形の水着を着て屋外プールに入っていった。そして、プールにいたドイツ人一家に黄色い浮き輪を借り、彼女をその上に乗せてまるで馬丁のように、あっちこっちへ引っ張って歩いた。同僚の教師たちはそんな二人に向かって、キム先生とパク先生は新婚旅行に来てるみたいだねーと大声で言った。

二日目はもともとシュノーケリングと素潜りの日程が組まれていたのだが、明け方から降った雨のため、一行は終日ホテル内で過ごさなくてはならなかった。彼と他の同僚教師たちは、ホテルの二階にあるスポーツセンターで一ゲームにつき百ドルを賭けてボーリングをし、彼女の方は客室のベッドに寝て本を読んだり、ホテルのロビーにあるソファーに座ってずっとスマートフォンをいじったりしていた。そのホテルはロビーだけでＷｉ－Ｆｉがつながる。彼女のまわりには、他にスマートフォンをのぞき込んでいる宿泊客が二、三人いた。僕、彼はすっかり夜になってからやっと彼女のそばに来て、内緒話のようにささやいた。僕、三百ドルも勝った。これで君に時計買ってあげるからね。にっこり笑う彼を見ながら、彼女は一瞬、悲しそうな表情を浮かべた。

実質的な研修最終日にあたる三日目の午前中、彼ら一行はコタキナバル市内観光を終えて、韓国人がやっている食堂でお昼を食べた。そしてホテルに戻る途中で、都心を横切る川のまん中に建てられた、東西南北に四つの巨大な尖塔を備えたイスラム寺院にちょっと立ち寄った。ガイドは先生たちを率いて寺院のまわりを歩きながら、「メッカに巡礼に行けない貧しいムスリムたちは、代わりにこのモスクに巡礼する」という話から切り出した。イスラムにおいて信じられている神様が、キリスト教のあの神様とまったく同じ方であることはみなさんご存じですよね？　ムスリムは、イエス・キリストの存在を認めています。ただ、彼を神とは考えていないだけなんですね。敬虔なプロテスタントの信者である教頭はその言葉を聞いて眉をひそめた。先生たちはガイドの話を聞いているようないないような感じで、二人、三人と組になってモスクを背景に写真を撮った。今はラマダン期間です。ラマダン期間中、この人たちは太陽が出ている間、断食します。貧しい人たちの苦痛をともに味わうのですね。そして、そうやって貯めたお金で貧しい人たちを助けます。ガイドがそう説明している間にも、何人かのムスリムが寺院の中へ入っていくのが見えた。彼らは寺院に入る前に、水道で手と顔と耳を洗った。

「あれは何をしてるんですか？」

彼の恋人がガイドに聞いた。

「ウドゥというものです。神様に会う前に身を清めるのです」

彼はそのとき、西に向けて建てられた尖塔の前で写真を撮っていた。だから、彼女が水道のところで手を洗い、耳を拭いた後、寺院内の女性礼拝室の方へ歩いていくのをはっきり見ることができた。だが彼はそれを別に大したこととは思っていなかった。まあ、好奇心のためだろう……彼は彼女の写真を撮ってやろうとして、カメラを持ってゆっくりモスクの出入り口の方へ歩いていった。そして実際に寺院の絨毯に突っ伏して祈っている彼女の姿をガラス窓ごしにカメラに収めもした。何人かの先生たちも彼の後ろに立って、祈っている彼女を眺めていた。あれ、キム先生って前から教会に通ってなかった？　誰かがそう言った。彼がちょっと変な――不吉な――予感に襲われ出したのはそのときだ。だが彼は努めて自分の感情を無視し、黙ってひたすらカメラのシャッターを切りつづけた。それは、この七年もの間、彼女に片思いしていたことから生まれた習い性のようなものだった。わざと見なかったり、見ても見なかったふりをしてやりすごしてきた時間。自分が見たいものだけを見てきた時間。彼は七年というもの、そうやって自分の愛を保ってきた。

その日彼女がモスクの中にいた時間は、ほぼ一時間近かった。教頭は一行とともに観光バスの中で彼女を待ちながら露骨にいらいらしてみせ（教頭は彼に向かって「君ら、けんかしたのか？」とまで言った）、ガイドは合計三度も彼女のところへ行って「みなさんがお待ちですよ」とささやかなくてはならなかった。彼は観光バスの中にじっと座ってモスクを眺めながらずっと、何でもないさ、何でもないさと自己暗示をかけていた。そして彼女が一時間後、目を赤く腫らし、「すみません」と言ってぺこりと頭を下げながら観光バスに乗り込んできたときも、昨日の午後ずっとボーリングをしていて彼女をほったらかしにしたという自分の過ちのことだけを考えていた。それから一年が流れ、彼女はヒジャブをかぶって学校に出勤するようになり、彼はここに至って初めて、自分やボーリングに過ちはなかったことにはっきり気づいた。

そして……気づくとすぐに、僕を訪ねてきた。

2

「何か他に事情があったんじゃないの？」

僕はちょっと立ち止まってジョンスに聞いた。たそがれがおりはじめた夏の宵だった。セミが突然鳴きやむたびに、羽虫たちがぶんぶんと羽音を立てて押し寄せてくる夜。月が近く、星はひたすら遠くに感じられる夜。背中にはいつの間にか汗に濡れたTシャツがべたっとまとわりついていた。

「それが正確にはわからないから困るんですよ……」

ジョンスはものすごく悔しそうな表情をしてみせた。耳の上で髪の毛をきっぱりと刈り上げている。高校卒業後十五年近く経つが、ジョンスは相変わらず同じ髪型のままだ。彼は僕の高校の二年後輩だった。僕は何となく、その髪型は彼の皮膚みたいだなと思った。

「何かはあったんだろ。じゃなかったら……」

そして僕は一人言のように「ムスリムだなんて、ムスリムだなんて、ユニが……」とつぶやいた。

ユニといえば僕の中学の四年後輩で、聖歌隊でしばらく一緒に並んで歌っていた教会の後輩でもある。そういえば、ジョンスが初めてユニに出会ったのも教会だった。僕ら三人はP村の市外バス停留場のそばにある「恩恵教会」で初めて会った。P村で暮らす小学生、中学生、高校生は、生涯に一度は通過儀礼のように恩恵教会に通うことになるのだが、それは両親もおじおばも友人たちも、みんなそこに集うからである。恩恵教会の隣には、一九一五年に初めて建てられた米国人宣教師の私宅が今もちゃんと保存されている。その横にある碑石には、P村の初期プロテスタント信者たちがいかにむごい迫害を受けたかも詳しく記されている。P村はそういう土地柄だった。今は僕もユニも教会に通っていないが、ジョンスだけは、日曜礼拝にはときどき出ていると言っていた。

「ミノ先輩、ところで、どうしてもビール飲みたいですか?」

ジョンスが反対側の歩道に面した商店街を見ながら聞いた。

「ユニの帰りは遅いんだろ? だったらそれまで何してるつもりだい?」

ジョンスが村のはずれにある僕の両親の家へ僕を訪ねてきたのは、午後四時ごろだった。その前日、僕は最終バスでP村に着いた。父さんが、叔父さんとの共同名義になっている田畑を僕の名義に書き換えようとしたために小さなトラブルが発生したらしいと聞いたためだ。母さんによれば、村の農協支部に勤めている従弟が父さんに会いに来て「伯父さん、これはちょっと、あんまりなんじゃないですか」とがちがちにこわばって詰め寄ったという。そこは五百坪足らずの土地で、おばあさんが最後まで自分でエンドウ豆や唐辛子を作っていた畑だった。おばあさんの墓はその畑のすぐ右側の丘陵地にある。父さんは、おばあさんの面倒を最後まで見たのは自分だから当然の権利だと思っているらしいが、僕から見てもそれは何となく、ちょっと野暮に思えた。僕は、叔父さんの気持ちを和らげることも兼ねて、市外バス停留場で降りるとすぐ肉屋に寄り、牛のテールを買った。僕がP村に来たことをジョンスが知ったのはたぶんそのためだろう。肉屋に寄ったせいだ。P村とは、そういうところなのだ。

「えーと、卓球しててもいいですし……」

「卓球を？　今？」

僕はちょっとあっけにとられた。でも、ジョンスのことだからなあ。僕はまた、そうも思った。大学三年のときだったか、教会の大学生部と高校生部が、祈禱院［集中して祈りを捧げるための施設］での合同修練会に出かけたことがあった。そのときジョンスが事務方の責任者だったのだが、二日目の午後から彼は、体育大会、キャンプファイアー、組別の通声祈禱［全員が大声を出して祈ること］といったプログラムには一切参加せず、ずっと宿舎に残っていた。後で聞いてみると、会費の支出内訳の計算がたった三千五百ウォン合わなかったためだという。彼は手帳と計算機を手にして、自分の財布とかばんをずっとごそごそ探していた。そのため一時期、彼は教会で「三千五百ウォン」と呼ばれていた。三千五百ウォン先輩とか、三千五百ウォンのお兄さんとか。彼はそのあだ名を聞いても特に何も反応しなかった。

「ビールを飲むようなところもないし……人目もちょっと気にしないと」

「でも……こんなに暑いのにか？」

僕はちょっと納得しかねたが、彼と一緒にビールを飲むという選択肢はそれですっぱり消えてしまった。

「エアコンがあるから大丈夫ですよ」

ジョンスは僕の返事を聞きもしないで向かいの商店街の方へ道を渡っていった。商店街の二階に「88卓球クラブ」という看板が見えた。制服を着た子どもが一人、自転車で通り過ぎてから止まり、ジョンスにおじぎをする。ジョンスはさっと片手を上げてやった。僕はとぼとぼとジョンスの後を追って卓球場の中へ入っていった。

それにしても、何で僕がこんなにジョンスに引っ張り回されてるんだ？　僕は上の空でラケットを選びながらそう思った。昼にジョンスがやってきて、ユニのことでちょっと相談したいと言ったときでさえ、そのためＰ村の小さな中心街にある伝統種の種苗店の隣のカフェで向かい合ったときも、僕にとってそれは叔父さんのせいみたいなもんだった。なぜなら、故郷を訪ねて牛のテールを買い込みはしたけれど、いざ叔父さんに会いに行こうとすると気になることが一つ、二つと浮上してきたからだ。生涯を通してぶどう生産農家だった叔父さんは、二年前の春だったか、季節はずれの寒さのせいで新芽がちゃんと出てこないと見るや、草刈機を背中にしょって畑をすき返してしまったことがある。ほとんどが、いちばんどっさり実がなるはずの四、五年生の木だった。その日叔父さんは木を伐採してしまうと、支えの役割を果たしていた鉄パイプの支柱にまで草刈機の刃を向けた。今も残っている叔父さんの額と肩の大きな傷跡は、そのときにできたものだ。僕はなぜかしきりと叔父さんの傷跡のことを思い出した。叔父さんの気持ちを和らげようとしたところで、僕にできることなんて何もないのではないか。僕は何だか、野暮なのは父さんではなく、僕の薄っぺらな考えの方じゃないかという気がしてきた。そのせいかどうかは別として、僕は昼飯どきからずっと部屋で寝そべってスマートフォンばかりいじっていた。そこへジョンスが訪ねてきたのだ。

ジョンスは僕に、ユニに直接会って説得してほしいと言った。

「僕が？　でも、これって、僕が説得してどうかなるような問題か……？」

「僕はただ……とにかくあのヒジャブさえかぶらなければそれでいいんですよ。そうすれば学校でも問題ないはずだから……」

「君が言っても聞かないのに、僕が言ったからって聞くかなあ？」

「でも、ユニはミノ先輩のことを慕ってたじゃないですか？　僕にもときどき先輩の話をしてたし……」

僕はそれを聞いて、ジョンスの顔をちらっと一度見た。ジョンスは僕の目を見ずに、カップの底に残ったミルクセーキをストローでぐるぐるかき回すだけだった。ユニはジョンスにいったい、何の話をどんなふうにしたんだろう？　もしやジョンスは何か誤解してるんじゃないだろうか？　僕は何となく心のどこかが気まずくなった。だが同時に一方では、急にユニの顔が見たくなったことも事実だ。弱火で熱したカレーの表面が泡立っているところみたいに、意識していなかった期待感が小さくふくらんでは弾け、それが続く。ひょっとして僕は今、そのためにこんなことをしているのかな？　卓球だなんて……僕は卓球をちゃんと習ったことも、卓球が好きだったこともない。ジョンスとは特に二人で連絡を取り合うような仲でもなかった。そんな僕の気持ちを知ってか知らずか、ジョンスは両面ラケットを持って卓球台の前に歩いていった。卓球場には、僕ら二人以外にお客さんはいなかった。

3

ジョンスと僕が卓球場を出たのは夜の九時ごろだった。二人とも汗びっしょりで、髪の毛はまるで雨に濡れた落ち葉みたいに額に貼りついており、耳たぶは赤く上気していた。僕はちょっとめまいがしたが、それでも外の風にあたるとぐっと気分がさっぱりした。まる三時間、卓球場の中にこもっていたんだから。その間ジョンスと僕は21点ワンセットを七回やり、途中で、もと中学の体育教師だった卓球場の主人と一緒にジャージャー麺の出前を取って食べ、休憩室のソファーに並んで八時のニュースも見た。ジョンスの卓球の実力はかなりのものだったが、いつ、誰に習ったのかという僕の質問には答えなかった。僕の方はやっとネットの向こうに球を打ち返せる程度だったから、僕らのラリーは長くは続かなかった。ラリーが途切れるたびに僕は何となくジョンスに申し訳ない気持ちになったが、ジョンスはそれほど気にしていないようだった。彼は僕に手加減もしなかったが、適当にあしらったりもせず、まじめな顔でラケットを振っていた。結局、僕は一セットも勝てず、卓球のゲーム代とジャージャー麺代は全部僕が払った。だが、僕はそれでちょっとほっとしたりもしたのだ。

「なあジョンス、それで……」

僕はジョンスと一緒にP村の小学校の裏にあるユニの家に向かって歩いていった。ユニはそこのアパートの二階に、離婚して一人身になった母さんと一緒に住んでいた。ジョンスによれば、ユニは夜の十時ぐらいにならないと帰ってこない。今日は全州《チョンジュ》にあるモスクで行われる金曜礼拝に行く日だという。

「君、それで、今もユニのことすごく好きなんだろ？」

僕がそう問いかけるとジョンスはゆっくり振り向き、遠くにあるP村唯一の病院の看板を見つめた。そしてちょっと経ってから、僕に言った。

「正直……よくわからないんですよ」

ジョンスは小刻みに首を振った。ちょっと考え込むような表情になってしまっている。一緒に汗を流した後だからか、僕は何となく前よりジョンスと親しくなったような気がした。僕らは夜道を歩いていった。

「君ら、宗教問題の他には別に何もないんだろ？」

僕はジョンスより半歩先を歩きながら、尋ねた。

「それが、そんなに簡単じゃなくてですね……」

ユニが初めてヒジャブをかぶって出勤したのは、夏休みに入った最初の週の月曜日だった。教務会議にちょっと遅れたユニが自分の席に座ると、みんなの目が一ぺんにそっちに集まった。しばらく静寂が流れるほどだった。そして間もなく聞こえてきた教務主任の声。キム先生、何て格好してるんです？　ここは学校ですよ、学校！

「学校では翌週まで見守って、その後、正式に懲戒委員会にかけるらしいんです」

「それ、懲戒事由になるのかなあ？」

「品位保持違反っていうのか……まあ、そんなのらしいんですけど」

ジョンスだけでなく、他の教師たちも前からある程度気づいていたという。ユニが時間になると女性教師の休憩室に小さな絨毯を敷き、突っ伏して祈っている姿を見た教師も多かったし、教務室の机のスチールの本立てにこれ見よがしに立ててあるコーランを不思議そうに一瞥《いちべつ》した先生も何人かいた。ユニは食事の席でも一切豚肉を食べず、ランチタイムには学校の前の軽食店に寄って、一人で「ジンラーメン」を食べることもあった。ジョンスの話によれば、そのラーメンは唯一、粉末スープに豚肉の成分が入っていないのだそうだ。だが、そんなことが大した問題でなかったことも事実だ。ときどき陰口を言う人がいないわけではなかったが、表立っては何ごとも起きていなかったから……他の先生たちが困ることもほとんどなかった。だが、ヒジャブについてはそうはいかなかった。

「ユニは何て?」

僕は坂の上にちらほら灯ったオレンジ色の街灯を眺めながら尋ねた。坂を二百メートルほど上るとそこにユニの家がある。僕が一時期間借りして学位論文を書いていた家も、そこの路地にあった。

「別に、自然なことだって言うんですよ。教会に通ったり……十字架のペンダントをつけたりするみたいな……」

ジョンスはつぶやくように言った。そして、また額にしわを寄せて神経質な声で言った。

「僕、いったいあの子がほんとに僕を好きなのかどうかも、よくわからないんです」

「そんなことないと思うよ」

僕は振り向かずに言った。

「初めてつきあったときから今まで、一度も自分の本心を話してくれたことがないんです」

「あの子の家、ちょっと複雑だろ。だからだよ」

「僕はね、それをはっきり知った上で彼女を好きになったんですよ。だからなおさら、お互いよく話し合って、助け合っていくべきじゃないですか。いったいどうして僕とつきあってるんだか……」

ジョンスの声が大きくなった。

「もうほんと、わかんないですよ……あの子が今、首切られたら……あんなすごい利子、どうやって返すんだか……僕、他のことはどうでも、それが心配なんですよ……」

「説得するしかないよな。僕が一度ちゃんと話してみるから」

僕はジョンスの肩を軽くトントンたたいてやった。ジョンスは何も言わなかった。

4

僕らはユニが住んでいるアパートの一階の玄関の階段に座り、黙って坂の下を見おろしていた。遠くの道路をときどきバスが通っていった。バスが停留所に止まるたび、二、三人の人がのろのろと坂の方へ歩いて上ってきた。いつの間にか夜の十時近かったが、ユニの姿はなかなか現れなかった。

僕はぐーっと頭をそらして、明かりの消えたアパートの二階を見上げた。

「果物でも買ってくればよかったかな?」

ジョンスは小さなセメントのかたまりをぽいぽいと電柱に向かって投げていた。

「部屋に上がらないで、ここで話していこうかと思って……お母さんの具合が悪くて、身動きが不自由なんですよ……」

「今も……あのまんまなの?」

僕の質問に、ジョンスは寂しそうに笑うだけだった。

ユニの母さんがP村で市の立つ川沿いの商業区域にフランチャイズのカルビ屋を開いたのは、七年ほど前のことだった。ユニの父さんと離婚したときにもらったまとまったお金に加え、チェーン店を統括するフランチャイズ本部から残りの資金の融資を受けて開いた店だった。それは全部借金で、利子だったのに、お母さんも私もそっち方面には疎かったから、結果は見えてたんですよね……いつだったかユニは僕にそう言ったことがある。商売がうまくいってないわけじゃなかったんだけど、毎月、返済額が儲けを上回る構造になってたんです。そこへさらに大きな問題が起きたのだが、それはユニの母さんがフランチャイズの地域本部営業部長という男と恋に落ちてしまったことだ。

相手はユニの母さんより十歳年下の男で、締め日のたびに寄って、いろいろアドバイスをしてくれるのかと思いきや、一緒に焼酎を一杯二杯やっていく日が続いた。そうなったらもうお決まりのコースを進むだけ。ユニは、母さんは彼のためにできるだけのことをしたと言った。その男が望むことも、願うことも、そして言うこともかなえてやったと……ユニは不安だったが、だからといって母さんを止めはしなかったという。母さんが三日間も店を閉めてその男と旅行に行ったときも、自分名義でカードを作って彼の歯の治療代を肩代わりしてやったときも、その男が連絡もなく半月以上姿を見せず、母さんが営業用冷蔵庫のガラスのドアを割ったときも、当然だと思ったと彼女は言った。母さんは母さんだし、母さんの恋は母さんの恋、それだけのこと。彼女は、そこには自分が口出しできることは何もなかったと言い添えた。

結局、ユニの母さんが賃貸料を払えなくなり、ほとんど追い出されるようにして商売をたたんだのは、それからまる二年過ぎた後のことだった。億単位の借金と、もう隠しておけなくなったアルコール依存症と、誰も持っていかないお箸と匙の包装紙二箱、それが彼女の母さんに残されたすべてだった。ユニの母さんと恋愛していた男は、商売をたたむ二か月前に電話番号も変え、永遠に行方をくらましてしまった……僕はその話を全部ユニから聞いた。机に向かってうんうん唸りながら資料を読み、真夜中の十二時ごろスニーカーをつっかけて路地に出てみると、ジョンスと僕が今座っている玄関の階段のところにユニがひざを抱えてうずくまり、イヤホンで音楽を聴いていたのだ。僕はときどきその隣に行って一緒に座った。すると二階から、ユニの母さんが歌っている、歌詞を知らない歌が聞こえてきたものだ。

「副腎機能だか……そういうのがもう、完全にだめになってるんだそうです。薬を飲むこともできないぐらいに……」

ジョンスが両手を合わせて握りながら言った。

「それなのに一人でいても大丈夫なの？　食事は……」

「ユニが作って持っていってあげてるみたいです。それに焼酎もあげてるみたいで……」

「困ったもんだね」

僕は脱力したように笑いながら、首をちょっと後ろへそらした。靄《もや》がかかっているのか、夜空が曇りはじめていた。

そこに座っていると、僕らは偶然に知り合いにも会った。以前、僕に部屋を貸してくれていた、路地の端の二階家の家主であり、父さんの友だちであり、恩恵教会の信徒代表の一人でもあるチェ・ミヌ先生だ。先生が先に僕らに気づいて手を差し出した。

「こりゃまた君、帰省しているのに、教会に顔も出さないで」

ジョンスと僕は立ち上がっておじぎをした。そして約束でもしたように後ろ頭をぼりぼりかいた。チェ先生は、僕がまだ教会に通っていると思っているのだ。

「そうか、今はソウルで大学の先生をしてるんだったな？　お父さんから聞いているよ」

「ええ、まだ非常勤講師ですが……」

僕はちょっとぎこちなく笑いながら答えた。

「君がうちで勉強しているときから、わしはわかっとった。何も心配するな。神様がすべて導いてくださるから」

チェ先生がまた僕の手を握るとそう言った。僕は頭を下げたまま ちらっとジョンスの方を横目で見た。ジョンスはうつむいたまま、黙って立っていた。

「君の方は、今日の徹夜礼拝には来ないのか？」

チェ先生がこんどはジョンスを見ながら尋ねた。

「あ、はい……ちょっと用事がありまして」

「君とは後で、ちょっと話そう」

ジョンスを見つめるチェ先生の顔は、緊張でこわばっていた。

「いやあ、年をとるとだんだん、宵の口に眠くなってな……また徹夜礼拝に遅刻しそうだ」

チェ先生はまた僕を見てにっこり笑った。僕も調子を合わせて笑ってあげた。チェ先生は僕らに片手を上げてみせて、路地をおりていった。僕とジョンスは彼の後ろ姿が街灯の向こうに消えるまでずっと見守っていた。そして、またゆっくりと座ろうとして、ぱっと停止状態になってしまった。いつの間にか坂の途中まで上ってきていたユニの姿が見えたからだ。白いヒジャブをかぶったユニの姿が。彼女は、こちらに向かってゆるゆると歩いてくるところだった。

5

僕らはユニと一緒に路地の右手の端に向かって上っていった。塀沿いにとうもろこしが並んで植わっているところを五分ほど歩いていくと、大きな松の木がみっしりと茂った低い山があり、その松の群落地を過ぎてまた二十メートルほど上ると、誰かのお墓を改葬したためにバレーボールコートほどの平地になってしまった小さな空き地が目の前に広がる。ジョンスと僕、そしてユニはそこへ上っていった。歩いていく途中、僕らはみんな無言だった。ユニと僕はちょっと目が合ったが、ユニはすぐに無表情な顔で視線をそらしてしまった。あいさつでもしようと思ったのだが、やめた方がよさそうな気がした。ジョンスとユニが先に行き、僕はその後について歩いていった。靄は、山の方へ上るにつれて次第に濃くなっていくばかりだった。

「ミノ先輩、ちょっと待ってください」

空き地に着いたとき、ジョンスが僕の方を振り向いて言った。僕はちょっとユニの方を見てからうなずき、松の木の群落地のあるところまでおりていった。上の方からはぼそぼそ話す低い声が聞こえ、どこからかカエルの鳴き声もとぎれとぎれに聞こえてきた。

僕は爪先で松の根元にトントン触れながら彼らを待っていた。同時に、何でここまでしなくちゃならんのかな、今、何やってんだろと愚痴のように一人言を言った。これも全部叔父さんのせいだろうか。僕は故意に、ずっと叔父さんのせいにしようと努めてきた。だがそれはうまくいかなかった。涼しい風がひとしきり顔をかすめて吹き過ぎ、草の匂いはさらに濃厚な青臭さを増していた。僕は顔を上げてあたりをぐるりと見まわした。星はなく、坂の下のまばらに明かりの灯った家々が目に入ってきた。なぜだか僕は、今の時間、今の風景、今のこの感じに見覚えがないわけではないように思った。何だろう、これは？　僕はその場にしゃがみ込んだ。霧は松の木の幹と枝を不規則に隠しながら動いていき、枝が折れる音と、木の葉がいっせいに一方になびいて擦れる音が続く。僕はちょっと不思議な気分にとらわれた。何やらおぼろげに浮かび上がってくるものがある。僕は自分の感覚のすべてを集中させようと目を閉じた。閉じた両目の中でちょっと前に見た明かりが素早く点滅し、音はさらに大きく、まるで浮き彫りにされたように近づいてきた。そして、そのようにして何分かが過ぎると、虫の音と風の音が次第に弱まり、代わりに胸の奥底から何か熱いものがどんどんこみ上げてきた。僕はすぐに、それがどんな記憶と密接に関わっているのか思い出すことができた……

十九歳、または二十歳のときだったか、教会の信者勧誘イベントの期間に合わせて山上祈禱をするため、P村の西の森に行ったことがある。そのときも今のような夏で、真夜中の十二時近い時間だった。P村の西側の森は、初期プロテスタント信者が迫害を避けて隠れ住んでいた場所でもある。彼らはそこで、昼間は穴を掘って隠れて暮らし、夜にはみんな出てきてそれぞれ一本ずつ樹木を抱きしめ、切実な祈りを捧げたという。山上祈禱を指導した恩恵教会の副牧師は、わが教会の大学生諸君も彼らと同じやり方で、彼らを思い浮かべて祈りを捧げようと言った。それぞれ散らばって一本の木を抱きしめ、初期信者たちの苦痛と、いかなる苦難と恐怖にも屈しなかったゆるぎない信仰を直接体験してみようと言った。その信仰が今日の我々の教会を作った礎《いしずえ》でもあるのだという言葉も……

僕はしゃがんだままの体勢で目を開けた。突然、胸いっぱいに思いがこみ上げてきてちょっと息が詰まった。あの日、山上祈禱で僕は、樹齢百年は超えていそうなカラマツを抱いて祈りを捧げ、思わず涙を流しさえしたのだが、それはあのとき、目には見えない何らかの超越的な存在や、辛酸をなめた先祖たちと一本の木を間に置いてつながっているような気がしたからだった。意味もなく消えていくすべてのものたちが尊いものに変わり、無意味に流れていくだけだった時間がそのまま停止したような感覚。僕はその感覚まで完璧に思い出すことができた。生が、ありとあらゆる意味によっていっぱいに満たされていたあの時間……すると、僕がなぜ今ここに来ているのか、誰が僕をここへ導いたのかわかるような気持ちになった。いや、それがわからなくても何の問題もないように思った。僕は大きく一度息を吸い込んだ。さわやかな空気が肺腑《はいふ》の底まで入ってきた。それでも、湧き立つ心はたやすく静まりはしなかった。ちょうどそのときジョンスが僕を呼びに、松の木の群落地の方へ歩いておりてくるのが見えた。僕は大きく一度伸びをしてから立ち上がった。

6

「久しぶりだね」

僕は空き地の片隅に腕組みをしたまま立っているユニに近づきながらそう言った。白いヒジャブのためか、暗闇の中でも彼女の顔は比較的はっきり見えた。彼女は依然として無表情な顔をして、お墓があったところを見ながら立っている。頬がちょっとこけたことを除けば特に変わったところもないように見えた。ジョンスは僕が立っていた松林の方で、こちらには上ってこずに立っていた。

「そうですね」

ユニは僕の方を見ずにそう言った。僕は彼女から五、六歩離れたところで立ち止まった。

「三年ぶりぐらいかな？」

僕の言葉に、ユニは何も返事をしなかった。

「実家に用事があって寄ったら……ジョンスにも会ったもんだから……一度、君の顔でも見ていこうかなって……」

「そうですか？　だから私が感謝すべきってことですか？」

ユニが初めて僕の顔をまっすぐ見ながらそう言った。僕は無理にでも微笑を浮かべようとして努力した。僕が答えられずにいると、ユニはまた松林の反対側へ顔をそむけてしまった。

僕らはしばらく黙って立っているだけだった。僕はしきりに松林の方をちらちら見た。そっちからはさくさくと地面を踏むジョンスの足音がずっと聞こえている。なぜだか僕はちょっと寒気がしてきそうだった。そのせいかどうかはわからないが、ちょっとした心の浮き立ちもいつの間にか消えていた。代わりに僕はまたもや、この状況のすべてがめんどくさくて仕方なくなってきた。時間だけがとめどなく流れていくような気分だ。

「ジョンスが君のこと、とても心配してるよ」

「そうですか？　じゃあ、ずっとその相談相手をなさってたらいいのに」

ユニの声にはまだ棘があった。

「ねえユニ、僕、君にどうこう言いに来たんじゃないんだよ」

「じゃあ何なんですか？　ただ顔だけ見に来たってことですか？　だったらもう見たんだから、帰ったらいいでしょ」

「ユニ」

僕はそう言って下唇を噛んだ。そして、また息を深く吸い込んだ。

「僕は君が信じる宗教を尊重するよ。それについてとやかく言いたいわけじゃないんだ」

ユニは首をかしげてうつむき、ひざの下を見おろしていた。いつからかわからないが、ユニは腕組みをやめ、一方の手で、肩にかけたバッグの持ち手を握っていた。

「僕はもう教会にも行ってないしね。君が何を信じようと、関係ない」

僕は一言一言正確に言おうと注意した。それは僕の本心でもあった。

「ただ現実的な話をしたいだけだよ。君の未来や、君のお母さんのことも考えないと」

僕はユニの顔をちょっと寂しそうな表情がよぎるのを見逃さなかった。僕の心の中で再び熱い何かがうごめき出したのは、そのときだった。

「カトリックの人たちだって、みんながヴェールをかぶって職場に行ったりしないだろ?」

僕はそう言い、ユニに反証理論のことを話してやろうと思った。規範とか価値というものは固定されているわけではなく、いかなる事案も、反証が可能なときにのみ真実といえるのだと、ヒジャブをかぶらなくてはならないという規範も結局はそういうものじゃないかと、とにもかくにも人生とは、問題解決の連続じゃないかと……

「ほんとに、大したもんですね」

ユニは僕をにらみつけながら言った。

「どうやったらそんなにずうずうしくなれるんですか? 何でそんな恥知らずでいられるの?」

僕は思わず顔を一度撫でおろした。ちょっとあわてていた。

「ねえユニ、そんなことじゃなくて……つまり、ある規範が……」

「ほんとにこれのせいでそんなこと言うんですか? ほんとに、これのせいで?」

ユニは片手で自分の頭の上のヒジャブを指した。そして、それを首の後ろへ神経質に引っ張りおろした。隠れていた、大きなウェーブのかかった髪が、ばさっと耳の後ろへ流れ落ちた。

「これでいいでしょ? 満足ですか?」

僕は言葉に詰まってしまった。

「思い出せないんですか。でなかったら、とっくに忘れて生きてきたのかしら？　何で三年ぶりに私に会いに来たあなたにそんなことが言えるのよ？」

ユニの声はだんだん大きくなった。僕はまた松林の方を眺めた。松林の方へ、ユニの声が響きわたった。

「えーと、僕、君が今、何を言ってるのか全然……」

「だったら帰ってくださいよ、いいかげんにしてよ……もう来ないでよ……」

ユニの目に涙がうるうると盛り上がっていた。彼女の両足はがくがくと震えていた。松林の方からジョンスがこっちへ上ってくるのが見えた。彼女は僕の前を通り過ぎてジョンスの方へ歩いていった。そして何か思い出したようにもう一度すっくと立ち止まると、僕の方へ一度振り返った。

「ミノさん……ミノ兄さん……いい加減、人をもてあそんだりせずに生きられないの？」

ユニはその言葉を最後に空き地の下へ降りていった。ジョンスがユニの手首をつかもうとしたが、ユニは大声を上げてそれを振り切りつづけた。どういうことよ……私のところに……あの人を連れてくるなんて……何であんたが私に……そんなことするのよ……

僕はじっとユニとジョンスの姿を見守りながらそこに立っていた。すると再び、今の時間、今の風景と、今のこの感じは初めてではないと思えてきた。だが、それが何のせいなのか、僕はもう頑張って思い出そうとするのをやめた。何か重要な鎖の輪が、僕のところでぷつんと切れたことに気づいたからだ。

僕は空き地の反対側の森の道を、一人でとぼとぼ歩いておりていった。

7

翌日の午前中、僕は九時の市外バスに乗ってまたソウルへ戻った。叔父さんにも会いに行かず、最後にジョンスに電話もせずに、僕は急いでP村を離れた。市外バスがインターチェンジを抜けるころ、僕は車窓におでこをくっつけて、遠くに見えるP村の小さな中心街を眺めた。小さな建物の間に恩恵教会の高い尖塔が、よく研いだ刃物のようにぬっとそびえているのが見えた。僕はそれをじっと見ながら、あの教会は反証が可能だからまだあそこに立っているのではないかと思った。ユニとジョンスのことはあえて考えなかった。いや、思い出さなかったと言った方がより正確な表現だろう。僕は目を閉じて、すぐに眠ってしまった。

家に帰ると、妻が息子と一緒にキャリーバッグに荷物を詰めていた。今年五歳の息子は僕を見るとぴょんぴょん飛びついてきて、腰のあたりにぶら下がった。

「あら、もう帰ってきたの？　私、明日ぐらいだろうと思ってたのに」

妻はソファーの横にあぐらをかいて座ったまま言った。一枚一枚きれいにたたんだ洋服類がその横にきちんと置かれていた。

「僕にできることが別になかったからさ」

僕はソファーに座り込みながら言った。息子が背中に回り、首をぎゅーっと引っ張って離してくれないので、僕は短い悲鳴まで上げた。

「言ったでしょ、お義父さんがちゃんとやってくださるはずだって」

妻は、息子の水中めがねと水泳帽、水着などを別々のビニール袋にしまいながらそう言った。

「もう荷造りしてるの？　出かけるのは火曜日だろ？」

「明日と明後日は他に準備することがいっぱいあるのよ。それに、旅行っていうのはそもそも、こうやって荷造りしたり、荷ほどきしたりするのが楽しいのよ」

僕は座ったままの姿勢で、右腕を伸ばしては引っ込めてストレッチをした。わが家では火曜日午後の飛行機でプーケットに行くことになっていた。僕が講義を持っている大学の教務部で働く妻の夏休みは、月曜日から始まるのだ。

「それでね、私……今回、水着を一着買おうと思うんだけど……」

妻は僕の方に向いて座り直すとそう言った。

「買えばいいじゃないか、そんなの。どうしてそんなこと僕に聞くの？」

僕は首を後ろいっぱいにそらし、ぶっきらぼうに言った。

「聞いた方がいいから聞いたのよ。あなた、私が何年同じ水着を着てるか、知らないでしょ？」

僕は答えなかった。息子がキャリーバッグの横にあった妻の水着を両手で持ち上げて見せた。

「あれ、あなたが地元で論文書いてたとき、結婚記念日のプレゼントに買ってくれたのよ。覚えてないんですか？　P村で五日市が立ったときに買ったって言ってたけど」

妻はにこっと笑いながら、息子が持って立っている水着を見やった。それでやっと、僕もそっちへ目を向けた。あんなのいつ買ったかなと思うほど垢抜けない、ピンクのストライプのビキニだった。

「あなたがおこづかいを割いて買ってくれたものだから、捨てるに捨てられなくて……」

僕はまた何か、初めてではない気分を感じた。顔がばりばりにこわばってくるような気がして、僕は目をつぶってしまった。

「あーあ、でも、さすがにもう着られないな。私、今回は新しいの買ってもいいでしょ?」

妻が明るい声で聞いた。

「そうしなよ。こんどは君の気に入るのを買いなよ」

僕はそう言い、ソファーのひじ置きにすっかり頭を預けて横になってしまった。何か冷え冷えした感じが僕の中で広がっていくのを感じたが、僕は必死でそれを無視して腰をちょっと丸めた。僕は何となく、自分が、古い鎖みたいだと思った。

ハン・ジョンヒと僕

ジョンヒがうちに来ることになった所以《ゆえん》は、ちょっと長くてこみいっている。

話は一九八八年の春までさかのぼる。妻の父、すなわち僕にとっては義父が勤めていた富《プ》川《チョン》の春衣洞《チュニドン》所在のとある鋳物工場が、四か月続いた全面ストライキと、それによる告訴告発、工場閉鎖などの過程を経て最終的に不渡りを出すまでの物語。賃金は以前からのを合わせて六か月遅配という状態で、百二十人近い労働者が一文の退職金ももらえずにそのまま失業者となり、追い出されたという経緯。そこへもってきて、忠清南道《チュンチョンナムド》の論山《ノンサン》出身の社長が工場の敷地と資材をこっそり処分し、ソウル江南《カンナム》区庁交差点近くの一等地に六階建てのビルを建てたという情報まで……僕は結婚前も結婚後も義父にその話を聞かされてきたが、それだけのことはあるだろうというのは、失業以後、妻の一家は一度も一緒に暮らせなかったからである。ローンを組んで準備した家はすぐに銀行の仮差し押さえにあい、続いて裁判所の競売により流れてしまった。義父は急遽、東仁川《トンインチョン》駅の裏にある細民街に部屋を借り、妻と、小学校六年生と一年生だった二人の娘を住ませることにしたが、不幸はそれで終わらなかった。

毎日、東仁川から江南まで、地下鉄とバスを乗り換え、二時間以上かけて、出勤でもするかのように前社長に面会しに通っていた義父が、その年の五月、会社の同僚四人とともに業務妨害及び暴力行為などの処罰に関する法律違反で拘束されてしまったのだ。本当に俺たちを人間扱いしなかったんだ、あの社長は……工場にいるときも出てからもな……。前社長は新しく建てたビルの六階に自分の宗親会［一定地域における同じ祖先を持つ人々の懇親会のようなもの］の事務所を開き、そこで主に書道をやったり、機関紙のようなものを作ったりしていた。老論出身だとか少論出身だとかいうんだけどな［老論と少論はいずれも朝鮮王朝時代の官僚間党派］、俺はよく知らんけど、と義父は言うと、言葉を濁した。

前社長は何度か、義父や同僚たちと鉢合わせしたことがあるが、後ろ手を組んで目をしばたたき、遠くを見ていたかと思うと何も言わずに事務所へ戻ってしまうだけだった。そうこうしていたある日、同僚の一人が社長の片腕をつかんで「ちょっと、何でもいいから一言ぐらいおっしゃったらどうです？　いつもいつもこんなふうじゃ……」と詰め寄り、その勢いで社長の洋服の袖をびりびり破ってしまった。その瞬間、義父と同僚たちは枯木のようになり、誰もそこから動けなかったのだが、そのとき、工場が不渡りを出して以来初めて社長の声を聞くことになった。ほほう、あやしからん、天気だなあ、この天気は、まったく……社長のジャケットの袖をむしり取った同僚はしばらく顔をほてらせてその場に立っていたが、合わせる顔がなかったのか、または侮辱されたと思ったのか、またもや社長の胸ぐらをつかんで飛びかかり、それが導火線となって社長の事務所の人たちとまでもみ合いになり、ビルの廊下が修羅場になってしまったという物語。一九八八年という年に、オリンピックまで開かれていたその年に、東学革命［一八九四年に起きた農民らの大規模蜂起。東学農民革命］の話でもあるまいに……義父のその話を聞くたび僕は内心、そんなことを思ったりもした。何度も聞かされたせいかなあ、でなきゃ、あまりにも遠すぎる話だからかなあ。僕はそう思って首をかしげたりしたものだ。

物語は続く。

義父が拘束された直後、二人の娘を抱えて進退きわまった義母は、近所のハンバの厨房に働きに出ることになったが、その前にまず、下の娘を自分の小学校時代の同級生に預けることを決心した。最初、富平《プピョン》に住む弟が娘二人とも預かってやると言ってくれたのだが、義母は悩んだ末、上の娘だけ頼むことにした。弟もその年に結婚して、一間の部屋で新世帯を持ったばかりだったし……まあ、人間は恥というものをわきまえていなきゃねえ。義母はそう言った。そのうえ下の娘は小さいころから病気がちで、ひどいアトピーというありさまだった。上の娘はもう自分の身の回りのことは自分でできる年齢だったので、そう手のかかることもなかったが、下の娘は事情が違う。そこで義母は何度もためらった末、家のそばの公衆電話に行き、古い手帳に書いてあった友だちの電話番号を力をこめて押したのだった。

そして、このクライマックスで「磨石《マソク》の母さん、磨石の父さん」が初登場する。義母の頼みを受け入れ、ひとっ飛びで駆けつけてきて、以後、妻が小学校を終える直前まで世話をしてくれたという、京畿道《キョンギド》南楊州市和道邑《ナミャンジュファドウプ》磨石駅付近に住む、二人といない義母の親友とその夫……あの人がいなかったらどうなってたか？　義母は、そう思うことがよくあったそうだ。生きていくことはできただろうね。何とかして子どもたちも育てただろう……だけど私は……私はどうなってたか？　倒れないでいられたか？　それはわからないのよね。義母はそんなことも言い添えた。

　妻と結婚する直前、つまり今から九年前に僕は彼らの家を最初で最後に訪問したことがある。国道沿いにある小さなスーパーの中に入り、裏手のドアを抜けると、百日紅の木のある庭と、青瓦葺きの小さな平屋建ての家が現れた。ここがまさに、妻が小学生のとき五年以上暮らした家の母屋だった。妻から到着の知らせを聞いて、ぶどう畑に出ていた磨石の母さんと父さんはオートバイに乗って帰ってきたが、二人ともひざまで来る黄色い長靴に麦わら帽子という姿だった。磨石の父さんという人は背も高く、皮膚も赤銅《しゃくどう》色に日焼けして、何となくちょっと無愛想に見えたが、磨石の母さんという人は肩幅も狭く、しわもあまりなさそうで、定年退職したばかりの先生みたいな感じもした。あの人、一度も子どもを産んだことがない体でしょ、それで今も娘みたいにすらっとしてるんだ。いつだったか、義母からそんな話を聞いたこともある。

磨石の母さんと父さんは妻を見るなり抱きしめ、ずっと髪を撫でてやっており、その時間はかなり長かった。何でずっと来なかったんだい、この薄情者……磨石の母さんは妻を抱いてそう言い、泣き出さんばかりだった。横でその様子をじっと見守っていると何だか、僕も三人の間に入っていってその懐に抱かれないといけないような、そんな気がしてきた。そこで僕もそっと妻の後ろに近づき、肩にもたれかかろうとしたのだが、まさにその瞬間三人の抱擁は終わってしまった。抱擁を終えた磨石の父さんの目元はまっ赤に充血していた。

僕は妻と一緒に磨石の家を見て回った。以前は磨石の母さんが小さなスーパーをやっていたが、今はそこは人に貸し、父さんと二人でぶどうの栽培をしているという。居間には螺鈿《らでん》の飾り棚と古いピアノが一台置いてあり、その上には写真立てがぎっしり並んでいた。ピアノの上のはほとんどが妻の写真だった。白いヘアピンをつけ、満開の百日紅《さるすべり》の前に立ってVサインをしてみせている妻、ピアノの前に座っている小学校三年生の妻、そして磨石の母さんと一緒にケーキの上のろうそくを吹き消している妻まで。それらの写真の中の妻は幸福そうに、また生き生きして見えた。妻もそれを否定はしなかった。自分の人生を通していちばんよく笑い、またいちばん愛された時期だと言っていたから。自分一人のためのピアノがあったのも、クレパスの心配をせずに絵を描いていられたのも、すべてあのころだけの思い出だと言っていた。妻は中学入学以後、一度もピアノを弾くことができなかった。

ピアノの隣の螺鈿の飾り棚の上には、妻が「ジェギョン兄さん」と呼ぶ男性の写真が置かれている。それまで僕は彼に一度も会ったことがなかったが、だからといって彼が誰か知らないわけではなかった。妻が磨石を離れることになったその一年後に、磨石の母さんと父さんが養子にもらった男の子だ。孤児院で中学三年まで育ち、あるとき突然両親ができてしまった男の子。そのときまでに僕が知っていた彼に関することは、それで全部だった。僕はそのジェギョン兄さんの写真もゆっくり眺めた。体つきは同年代の子に比べて少し大きく、相対的に目が小さい、いたずらっぽさのある男の子が、サッカーをしたり木にぶら下がったり、慶州《キョンジュ》の仏国寺に修学旅行に行ったり、軍に入隊したりという時間がそこにそのまま保存されていた。そしてそのときすでに結婚して生まれていた、彼の子どもの写真まで……

磨石駅からまた汽車に乗り、清涼里《チョンニャンニ》駅に帰ってくる途中で、僕は妻からさらにいろいろな話を聞いた。妻が小学校卒業と同時にまた実の母親と暮らすことに決まると、磨石の母さんと父さんはとても辛そうだったという。まるで、何年も大切に育てた娘を他人にやってしまうような気持ちだったそうで、実際、磨石の父さんが義父に会ってこんこんと頼み込んだこともあるらしい。そのときのことは義父も鮮明に覚えていた。チュヒが成人するまで、このまま私たちが育ててはいけないでしょうか？　うちの戸籍に入れるということではなくて、ただ、お宅とうちを行ったり来たりしながら……磨石の父さんのその提案を義父は丁重に、だが断固として断った。刑務所を出てから新たに配管の技術を学び、地方の工事現場を渡り歩いていた義父は、他人の家に預けっ放しの末娘を思うと、肋骨の下にせっけんの泡みたいなものがいっぱいに湧き上がってくるような、腹が張るような感じがして辛かったという。そこでちょっと無理をしてでも富川に二間ある家を借り、急いで末娘を呼び寄せたのだった。とはいえそのときまでは、娘を育ててくれたと思えばこそ、丁寧に丁寧に対応していたのだが、そこで磨石の父さんがへまをしてしまったらしい。そうしてくだされば、私たちの方でしばらく前に土地を処分したお金があるので……その一言で義父が気を悪くしたため、妻は予定より早く富川に移ることになった。

「それで、君はどうだったの？」

僕は妻にそう聞いた。

「私？　私はよくわかんなかったな……母さん父さんとまた一緒に暮らすのがいいとも思ったけど、磨石の母さん父さんが本当の両親みたいな気もしたし……ピアノもずっと弾きたいし……こっちの方が幸せみたいな気もしてたし……だから、うちの母さん父さんが無性に恨めしくなったことも……まあ、あったかな……」

「磨石の母さん父さんはすごく辛かっただろうね……」

「それであんなに急いでジェギョン兄さんを養子にもらったんだと思う。前に磨石の母さんに聞いたんだけど、九里《クリ》のどっかの孤児院に行って、そこでジェギョン兄さんに会ったんだって。その孤児院でいちばん年上の男の子……磨石の父さんが言うには、どうせなら私といちばん似てない子がよかったんだって……それがジェギョン兄さんだったのね」


妻はその後も何度か、磨石の家を訪ねていったという。地方の工事現場を回っていた義父は嫌がったが、義母の思いはまた違っていたから……切り干し大根や自分で編んだセーター、もやしなどを持たせてわざと富川から磨石までお使いに出したのだった。あの人、さぞや、胸がぽっかりあいたみたいに寂しい気持ちでいるでしょうよ。義母は買い物かごを妻に持たせてやりながらそう言ったという。妻は朝早く磨石の家目指して出発し、夜遅く帰ってきたが、いつも磨石の父さんがトラックで富川の家のすぐ前まで送ってくれた。そのたびに必ず、ジェギョン兄さんもトラックの助手席に乗って富川まで来た。妻の記憶の中の兄さんは親切で声のいい人だったが、一方ではどこか、すべてをいたずらのように受け取って上の空の、いつも心のどこかがお留守のような印象の中学三年生だった。磨石の母さんと父さんが話しているときは注意深く聞いて返事しているようだったが、いつも手足が別のことをしていたし、そんなときに目が合うと、じっと見返してからすぐに何くわぬ表情をしてみせる。妻にもあれこれ尋ねたり笑いかけたりしてくれたが、磨石の母さんと父さんが席をはずしているときは無言だった。一緒に食べていたぶどうをもぐもぐと嚙み、わざとぺっぺっと種を庭に吐き出すだけ。妻はその様子がかなり長く記憶に残っていたという。ぺっぺっ。礼儀知らずで、どことなく不良っぽい感じもした、ぶどうの種を吐き出す音。

そのジェギョン兄さんが一度わが家を訪ねてきたこともあった。六年前の秋だったか、土曜日の夜十時ごろ、誰かがブザーを押さず玄関のドアを荒っぽくたたくので出てみると、彼が立っていた。スポーツ刈りにして、筒の広いズボンにワイシャツという身なりのジェギョン兄さん。会社の後輩だという男と一緒で、のっぽの後輩は腰の高さほどある大きな箱を持って立っていた。

結婚式のときにすれ違いざまにあいさつして以来初めての対面だったし、また、深夜でもあったのだが、彼は遠慮がなかった。おお、イ君、子どもたちを起こしちゃうかと思ってブザー押せなかったんだよ。彼は僕とたった一歳しか違わなかったが、遠慮なくぞんざいな言葉を使った。彼からは酒の匂いとにんにくの匂いがした。ああ、はい……と僕はちょっと渋い表情で彼を迎えた。おい、おまえ、おまえはそれをそっちに置いて、外に出て待ってろ。車のエンジンかけてな。彼は会社の後輩にもぞんざいな言葉で命じた。これが彼の長年にわたる話し方の癖であるらしい。彼は、近所を通ったので妹の顔を見たくて寄ったのだと言った。そして、結婚して何年も経つのに、兄ともあろう者が一度も妹の力になってやれなくてすまないと言いながら、すぐに箱を開けた。箱からは水車のついた、渓谷の風景を形どった加湿器が出てきた。谷からちょろちょろと水が流れてきて水車を回す仕組みの加湿器。水車の隣に藁葺き屋根の家が一つ建っている加湿器。

妻が年子の子どもたちを寝かせて居間に出てくると、彼は、何て顔をしてるんだとか、イ君はよくしてくれるかいとか、まるで久しぶりに嫁に会った舅や姑みたいにつまらないことを並べたてた。妻はもう何年も前からときどき、磨石の母さんからの電話で彼の様子を聞いていたせいか、ジェギョン兄さんに対しては他人行儀だった。彼が健康食品の会社をやるから保証人になってくれと磨石の父さんに頼んだせいで、ぶどう畑を全部売り飛ばすはめになったこと。離婚後、幼い娘を磨石の母さんに預けたきり生活費を一文も送ってこなかったこと。さらに、磨石の家を担保にして事業資金を融通してくれと頼んだことなどなど。妻は磨石の母さんとの通話を終えるとその内容を全部僕に話してくれて、何で罪もない善良な磨石の母さんと父さんが晩年にこんなに苦しまなきゃならないの、もしかしてこういうことのすべてが私から始まっているんじゃないかな、と憂鬱な顔をして口ごもることがあった。そんな事情を知ってか知らずか、ジェギョン兄さんは、困ったことや辛いことがあったらいつでも連絡しろと言って妻に名刺を一枚差し出した。名刺には「尖端不動産投資開発投資チーム長　ハン・ジェギョン」と印刷されていた。僕には、加湿器は週に一度スポンジでよく洗ってくれという言葉を残した。彼が出ていくと妻はまず、名刺を資源ゴミのゴミ箱に投げ捨てた。

ジェギョン兄さんはそれから四年後、詐欺及び背任容疑で懲役三年の刑を宣告され、寧越《ヨンウォル》刑務所に収監された。

ジョンヒというのはつまり、そのジェギョン兄さんの娘だった。一昨年の冬、磨石の父さんが肝臓ガンのステージ3という診断を受けて放射線治療に入る直前、磨石の母さんが妻に電話してきたらしい。磨石の母さんはしばらくためらった末にそれとなく、当分の間ジョンヒを預かってくれないだろうかと尋ねたのだが、妻はすぐに答えられず電話を切ってしまった。磨石の母さんと父さんの立場を考えたら、昔、あの二人がしてくれたようにひとっ飛びで駆けつけるべきだろうが、そうもできない状態だったのだ。まだ幼稚園の年子の兄妹がいたことも大きいが、妻の立場としては、僕の考えも聞いてみないわけにいかなかったはずだ。しかも当時は僕が、自分の書斎を上の子の部屋として提供し、毎晩、原稿を書くために大学の研究室に出かけている状態だった。二十六坪のマンションだから、それが当然だと僕は思っていた。そんな状況で家族がもう一人増えるというのは……

「その子のお母さんは？　お母さんは全然連絡がつかないの？」

妻の話を聞いて、僕はまずそのことを尋ねた。

「その人、兄さんと離婚して間もないうちに再婚したんだって。何か事情があるのか、兄さんにも子どもにも二度と会いたくないんだそうよ……しばらく前に男の子が生まれて、釜山のどこかに住んでるって……」

「そりゃまた……」

僕は妻のほつれた前髪を見ながらしばらく言葉を控えていた。誰かが誰かの面倒を見るというのは、気持ちさえあればできることではない。それはどこまでも物理的で体力的な問題だった。

「僕はいいけど君が問題だよね……僕はいつも外で働いてる人間なんだから」

妻は親指の爪でぐっぐっと音を立てて食卓の角を引っかきながら黙っていた。彼女は疲れた様子で、冴えない顔をしていた。

「ジェギョン兄さんのこと考えるたびに、私の知ったことじゃないって思うんだけど……磨石の母さんと父さんがかわいそうで……」

　妻はここへ来てぼろぼろと涙までこぼした。

「ちょっとの間だけ、当分の間だけ……もう小学校六年生になる子だから、手のかかることもそんなにないと思うんだ……」

　つまりそのときでさえ妻も僕も、それが正確に何を意味するのか、よくわかっていなかったというべきだろう。二人の子どもを育てていてもだ。一人の人間に一人の人間が向き合うとはどういうことなのか、どんな試練が僕たちを待っているのかよく知らなかったというのが正しい。それはどんなに大勢子どもを育てていたって、自然にわかるようなことじゃないのだから。世の中に予想可能な子どもなんていないのだから……

　そんな状態で、ジョンヒを迎えたのだった。

＊

　ジョンヒのことを考えるといつも、片目を斜めにおおった前髪と、携帯につないだ赤いイヤホン、そして「クレヨンしんちゃん」の犬「シロ」のキーホルダーをぶら下げたピンク色のキャリーバッグなどがまず思い浮かぶ。どういうわけか声はよく思い出せず、そればかりが思い浮かぶ。それが、僕が見たジョンヒの最初の姿だったからだろうか？　だけどそれなら、最初の声は？　おかしなことにそれはよく覚えていない。

ジョンヒは、背は低めで太っていたが目鼻立ちの美しい少女だった。磨石から突然、僕たちの住む大きな市に来ることになり、知らない土地で不安なはずなのに、特にそんな様子も見せなかった。夕食の席で、何度か僕の顔を横目で伺っただけで、妻の声かけにもちゃんと答え、六歳と五歳の兄妹のばかばかしい質問——小学校に行ったら本当に外遊びはできないのかとか、自分の夢はお姫様なんだけどそのためには本当に先にパパが王様にならなきゃいけないのかとか——も笑顔で聞いてやっていた。妻は、上の子の部屋に急ごしらえで小さな組み立て式の会議用テーブルを持ち込み、ジョンヒの机として使うことにした。上の子が、ふだんは使いもしない自分のベッドをお姉ちゃんには絶対に貸してあげないとだだをこねたため、ちょっと困った状況になったりもしたのだが、ジョンヒが床に布団を敷いて寝ればいいと言ったので、それも難なく解決した。

ジョンヒは自分の机にまずボーイズアイドルグループの写真を置き（「防弾少年団《バンタン》」というグループなのだが、後に僕はそれを「放蕩少年団《バンタン》」と言い間違えて、初めてジョンヒに苦言を呈された）、手鏡とリップクリーム、ローションを順に置いた。そしてその隣に教科書と問題集をきちんと立てて置いた。僕は妻と一緒に部屋のドアの前に立って、ジョンヒが自分の荷物を整理するのを黙って見ていた。妻はどうだったかわからないが、僕はその瞬間ちょっと胸が痛んだ、というのは、ようやく満十二歳になったばかりの少女が見知らぬ土地で自分の荷物をほどく気持ち、そんなときにも平気そうに振る舞おうとして頑張っている気持ちはどんなものかと想像したからである。僕はさらに、妻の幼いときのことをもう一度想像してみた。妻もまた僕に対して、言葉では言い尽くせないものがあったのだろう、たぶんそうだったろう……その日僕は、ジョンヒの後ろ姿と、その隣に立つ妻の横顔を何度も代わる代わる見た。

そんな気持ちのせいだけでは必ずしもなかったが、僕は僕なりにジョンヒには気を遣ってやろうと努力した。転校に伴う新環境への適応について、担任の先生と何度も電話で話したし、一度直接会って面談もした（ジョンヒの担任は僕より五歳ぐらい上の女性の先生で、会ってみたら韓国文学の結構な愛読者だった。面談の途中で僕が作家だということを見抜いた先生は有無をいわさず、僕と並んで座ったところを自撮りまでした。僕としてはまあ……それでいっそう懸念が軽減されたことも事実だ）。みんなが行っているという算数塾の件もあだやおろそかにはできず（そこに行かないと友だちができないんだそうだ）、マンションの前のテナントビルの中にあるその塾の塾長と長時間相談もした。ジョンヒ一人だけを連れて出かけ、ニューバランスのスニーカーも買ってやったし、一緒にスタバに行って抹茶ラテを飲みながら、学校生活の様子をあれこれ聞いてみたりもした。

ジョンヒは、最初の一か月は僕が聞いたことにごく短く答えるだけだったが、その後は変わっていった。上の子がポケモンばかり見ているから心配だという話、算数塾の塾長が、友だちを連れてきたら一万ウォンの商品券をくれるという話、おじさん（ジョンヒは僕をおじさんと呼んだ）は作家だから、私のお兄さんたち（つまり「防弾少年団」）の二次創作を代わりに書いてくれないかという話などは、ジョンヒの方から先に言い出したことだ。ジョンヒは文字より絵文字の方が多いカカオトークを僕に送ってきたりもして、「おじさん、おばさんが、帰ってくるとき必ず牛乳買ってきてくださいって」という簡単な伝言にもカップ、乳牛などの絵文字やいろいろなキャラクターをちゃんと入れることを忘れなかった。僕はそんなジョンヒのメッセージが結構楽しかった。

五月の第二週の土曜日には、扶安《プアン》郡の茅項《モハン》の近くにあるペンションに家族旅行にも行った。そこの白砂の浜で、貝殻や小さなカニを指でツンツン触ってみたり、一緒に自撮り棒で写真を撮ったりした。僕たち夫婦が両端に立ち、上の子、ジョンヒ、下の子の順に並んだ。子どもたちはみんな桜の花のように明るく笑い、ジョンヒもずっと微笑を絶やさなかった。僕はその写真をジョンヒにカカオトークで送ってやり、ジョンヒはまたその写真を同じクラスの友だちが集まっているグループに投稿した。まだ携帯に残っているその写真を、僕はときどきじっと見つめていたものだ。すると、肋骨の下にスポンジのようなものがぎゅーっと詰まっているみたいに心が浮き浮きするのだった。もちろん今は違う。

ジョンヒの父親からは何通か手紙が来たが、あいさつも省略して「イ君、ここにいる専門家に聞いたんだけど、英語は『イングリッシュ何とか』っていう塾がいちばん教え方がうまいらしい。そっちにその塾があるか調べてくれ。うちのジョンヒは誰も教えてやらないのに四歳のときにハングルを全部覚えちゃった子だから」みたいなことが書いてあった。僕はその頼みは聞いてやらなかった。その塾に行かなくてもジョンヒには何も問題はなさそうに見えたからだ。算数塾の友だちとはトッポッキ屋にもよく行き、ビュッフェ形式の店でやるバースデーパーティーにも参加し、放課後の授業にも行き、自分なりに忙しい毎日を送っていた。だから僕も、何も心配していなかったと言っていい。後になってジョンヒのせいで心が空っぽになってしまったらどうしよう？　ときどきそんなことまで思ったほどだ。

僕がまったく予想もしなかった問題が起きたのは、一学期がほとんど終わりかけていた七月初旬、夏休みを三週間ほど後に控えたころのことだった。

*

ジョンヒが「学暴委」に回されるらしいと教えてくれたのは、ジョンヒの担任だった。電話で話すにはちょっと長い事情がありまして、と言われて会いに行くと、すぐにその話が出た。

「学暴委、ですって？」

僕はきょとんとして担任を見つめた。

「それ、何です？」

「学暴委」とは「学校暴力対策自治委員会」の略語で、校内暴力の予防及び対策に関する事項を審議するために、各学校に設置が義務づけられた委員会を意味する。委員会の構成は選出された保護者代表五人以上に委嘱され、被害生徒の保護、加害生徒への指導及び懲戒、紛争調停などをその主要目的とする……懲戒は、被害生徒への書面による謝罪、被害生徒への接触・脅迫及び報復行為の禁止、学校での奉仕活動、社会奉仕活動、カウンセリング、出席停止、クラス替え、転校などと定められ……


僕は担任が差し出した学校規定集を読んで、深刻な表情で聞き返した。

「うちのジョンヒが……誰かにいじめられたんでしょうか？」

担任はちょっと沈黙した後、他の書類を僕に差し出して言った。

「そうではなくて……ジョンヒが加害生徒の中の一人なんです」

僕は何が何だか気が動転してしまった。中学、高校ならありそうな「学暴委」が小学校にあるというのも驚きだったが、転校してまだ一学期も過ぎていないジョンヒが、被害者ではなく加害者だなんて……そのことはもっと理解できなかった。

担任が僕に差し出した別の書類は、被害生徒の母親が自分で作成して提出した「校内暴力発生概要」だった。

1．加害生徒らは、学期の初めから○○算数塾に被害生徒と一緒に通っていた仲間であり、今年五月、カカオトークにグループトークルームを開設する直前までは円満な関係だった。

2. 被害生徒へのいじめは加害生徒1から始まったものであり、カカオトークのグループトークで「あんたは私たちとちょっと合わないみたい」と何度も言った。以後、被害生徒だけを除く加害生徒六人が別グループを結成し、被害生徒に対する集団無視を始めた。

3. 加害生徒らは、○○算数塾の授業が終わり、被害生徒がまだ教室の中に残っているのに、ドアの外にあるドアロックに釘や箸などをこじ入れて閉め、逃げるなどの行為をした。

4. 被害生徒が加害生徒との関係を修復したい気持ちから、一人ひとりにあてて肉筆の手紙を作成し、渡したことがあったが、加害生徒3、加害生徒5などが教室の教卓の前に出てそれを破ってしまうという行動を取った。

5. 加害生徒2と加害生徒4は、被害生徒への返事をマンションの郵便受けに入れておいたと連絡した。郵便受けには、返事ではなく犬の排泄物が入れてあった（防犯カメラのキャプチャ画面添付）。

6. 加害生徒1は手紙謝罪事件以後にも加害生徒に集団行動をけしかけた。被害生徒に侮辱的なメールを送付しつづけた（携帯電話のメール受信内容添付）。

7. 以後、被害生徒は激しいストレスとうつ症状、自殺衝動を経験し、現在は精神健康センターに通院治療中（カウンセリング所見書添付）。

僕は書類をめくって読んでいき、携帯メール受信フォルダのキャプチャ写真にしばらく目を止めた。

「ところでこの、『ダカコ虫』っていうのは、何のことでしょう?」

担任が髪をかき上げながら答えた。

「ダっさい、カタワの、コジキ虫です」

「え……」

僕はまた書類をめくっていった。

「じゃあ、うちのジョンヒが……?」

「加害生徒1だそうです。それでまず先生にお越し願ったわけです」

僕は書類を担任の机の上に置いて、長いため息をついた。どうにも言葉が出てこなかった。

*

被害生徒は同じクラスのソン・ミジュという生徒だった。小学校のすぐ隣の公団に住んでおり、家族は、保険の外交をしているシングルマザーの母親だけだった。

「ミジュのお母さんが、学校に正式に話すより先にまず警察に行かれたらしいんです。それで、先方の女性青年課の学校担当警官が私たちに連絡をくれて……」

そして担任は、来週ごろには校内に真相調査委員会が設置される予定だと言った。真相調査委員会の意見に基づいて「学暴委」を開催するかどうかが最終決定されるのだが、おおむね被害生徒の意見が尊重されるのが慣例だという。

「ですから先生、学暴委が開かれる前に何とかした方が……お互いによろしいんじゃないでしょうか?」

「何とか、とは?」

担任はちょっと黙って僕の顔を見ると、ポストイットに何か書いてくれた。

「これがその生徒の住所なんですが……先生が一度訪ねて行かれてはどうでしょう? いずれにせよ学暴委が開かれたら、記録というものが残るわけで、そうなるとまた、誰であれ傷つく人が出てしまいます……担任としましては、そこまで持っていかない方が、と思います……」

「あ、はい……」

僕は担任にこれといった意見を何も言えないまま、席を立った。担任は「私が住所をお教えしたことはおっしゃらないでください」と何度も念を押した。担任は僕が教室を出ていく前にもう、他の誰かに電話をかけはじめていた。

僕は担任からもらった住所メモを財布に入れ、まずはジョンヒに会うことにした。カカオトークを送ると、ジョンヒはちょうど算数塾を出て帰宅するところだった。学校から一ブロック離れたベーカリーカフェで会おうと言うと、十分もしないうちに、後ろでぎゅっと束ねた長い髪をゆらゆらなびかせながらジョンヒが走ってきた。夏だった。午後三時を過ぎてもまだ太陽が脳天の真上にあるような夏。日陰が濃くなり、蜘蛛の巣の編み目がいっそう詰んでくる夏。エアコンの風にあたると、汗に濡れたTシャツがひんやりと感じられる夏。

ジョンヒと僕は氷いちごをまん中に置いて向き合った。ジョンヒは椅子に座るや否や、算数塾の塾長が素足にサンダルをはいて授業をするのだが、親指に生えてる毛が気持ち悪くてたまんないと顔をしかめて言った。げーっ、げーっと吐くまねもした。それは、僕を笑わせようとして言っていることなのだ。僕は何度か笑おうと努めてみたが、うまくいかなかった。エアコンの風のせいか氷いちごのせいかひんやりしてきた腕を、何度かさすってみただけだ。

僕はためらった末にミジュの話を切り出した。担任に会ったことも隠さなかった。話しながらずっとジョンヒの顔を探り見ていたが、ジョンヒはスプーンを口にくわえたまま、器の底が見えている氷いちごを見おろしているだけで、あわてるわけでも、緊張しているわけでもなかった。

「心配なさらなくていいんです」

ジョンヒがスプーンを置きながらそう言った。ジョンヒは、しょうもないなあというように一瞬笑ってみせた。

「あの子、もともとすっごいプライド高い子なんだから」

「プライド？」

「はい。あれ、全部、私たちもわかってて演技してたんですよ、演技。どっきりカメラみたいなの」

「いや、ジョンヒあのさ……おじさんはちょっとよくわからないんだけど……」

「遊びの一種みたいなもんなんです。いじめられたらどんな気分がするか、誰がいちばん強く出るか、そんな反応を見てるんだってあの子も全部わかってるのに、一人だけあんなに大げさに……」

「ねえジョンヒ……これ、そんなに単純な問題じゃないよ……おまえ、あの子にメールも送ってたろ？　ダカコ虫とか、そういうの……」

「ああもう、おじさん。私たちはいつも普通にそういうこと言ってるんだから。メニブーとか、そういうの……」

「メニブーって？」

「メガネの、ニキビの、ブタです」

「それもメールで送ったの？」

ジョンヒは黙ってうなずいた。

*

ジョンヒの担任に会った翌々日の夜、僕は帰宅途中にミジュの家を訪ねた。

妻とはこの問題をめぐって二日間ずっと夜中の十二時ごろまで話したが、結論はいつも同じだった。担任の言う通りにすること。「学暴委」が開かれないように解決策を探ること。でも、他の保護者たちと一緒に行った方がいいんじゃないか？　その点については妻と僕の意見が食い違った。どやどや行ったらもっと感じ悪いでしょ……一人ひとり別に行った方がいいよ、その方が効果的なんじゃない？　妻にそう言われて、僕は手のひらで顔を一度撫でてみた。行って、何て言おうか？　僕はちょっと行き詰まった気持ちになった。何よりもまず謝るべきだよな……まだ子どもで、いたずらといたずらじゃないことをちゃんと区別できなかったと、今後は注意させると……でもそのくらいじゃミジュの母さんを説得できそうにないと僕は思った。あのさあ……先方のお母さんにジョンヒの事情をちょっと話してみるのはどうだろう？　妻はその意見についてはしばらく沈黙を守った。腕組みをしたまま、僕の顔を見ている。様子を見てあなたが判断してよ……その方がよさそうならそうすればいいし……妻と僕の会話はそこで終わった。

その公団は築十五年ぐらい、エレベーターなしの五階建ての建物六棟から成る団地だった。ミジュの家はその中の四〇七号室だ。果物でも買っていこうかと思ったが、何となく、そんなことをしたらもっと相手を傷つけそうな気がして、手ぶらで四階まで歩いて上っていった。

「どちら様？」

ブザーを押すとインターフォンから、疲れた様子がありありとわかる中年女性の声が流れてきた。

「あの、私……ええと、ミジュさんと同じクラスのジョンヒの、おじにあたる者なんですが……」

インターフォンの向こうで短い沈黙が流れたと思うと、何も言わずにすぐインターフォンがぷつんと切れる音がした。

僕はためらったが、もう一度ブザーを押した。

「あのう、ミジュさんのお母さん、ちょっとだけお時間をいただくわけにいかないでしょうか？　ちょっとで結構ですから……」

インターフォンに向かって何度かくり返し言ってみると、がちゃんとドアが開いた。

ミジュの母親はやや大柄で、さっき職場から帰宅したばかりなのか、半袖のブラウスに紺色のスーツのズボンという服装だった。大きな目がちょっと飛び出ている。いつだったか、甲状腺が悪いとそういう症状が出るということを読んだ憶えがある。

「うちの住所、誰が教えたんですか？　担任の、あの女ですか？」

「お母さん、私は謝りたくて……」

「だから、謝罪は、学暴委でやってくださいよ。こんなふうにいきなり家に来て人を不安にさせたりしないで」

ミジュの母さんはまったく声を和らげず、僕をにらみつけた。

「うちのジョンヒは、田舎から急に出てきて親戚の家にいるもんですから……友だちづきあいにもすごく不慣れで……」

「親戚の家にやっかいになってる子が、他の子の前で、賃貸の公団に住んでるんでしょとか何だとかかんだとか騒いだりします？　もういいですから、帰ってくださいよ！」

ミジュの母さんは大きな音を立ててドアを閉めると背を向けた。

僕は顔が赤くほてってくるのを感じながら、そこに立っていた。熱は上がったが、汗は出てこなかった。

*

作家として十五年以上生きてくる間、僕は大勢の他人の物語を書きつづけてきた。純情な人々の物語を書くこともあれば、この世にまたとないほどひどい人々の話も書いたが、とはいえ僕がいちばん書こうと努めてきたのは、苦しんでいる人たちの物語だった。それを書かずに何を書くっていうのか？　僕はそのように学んできたし、そのような小説を何度も読み返してきたし、僕らの周囲にあるさまざまな苦痛とその重さについて悩もうとして、ずっと努力してきた。それを書いているときが楽しかったことはただの一度もない。苦痛について書く時間なんだから……あるときは、自分でもよくわからない感覚が自分でも知らないうちに訪れて、自分が書いた文章を前にしてたじろいだこともあった。そして、そこから抜け出そうとして、わざわざ机の前で腕立て伏せなんかしたこともあった。作家は熟練した俳優のようなものでもあるから、苦痛をなめている人について描くときにも次の場面を計算しておかなくてはならない、また声のトーンも調節しなくてはならないと聞いたが、それがうまくできないので僕はたびたび苦しんだ。それがうまくできないという苦しみ……ときには、僕に理解できる苦痛はそれだけじゃないかと思うこともあり、そんなときには自分が書いたものすべてが嘘っぽかった。誰かの苦しみを理解して書くのではなく、誰かの苦しみを眺めながら書く文章。僕はそんなのをいっぱい書いてきた。

僕にとっては、「他者を受け入れる」ということも同じだった。ある本を読んでいたとき「無条件の歓待」というくだりで立ち止まってしまったのだが、頭では十分にその言葉を理解できるけれど、心のどこかでは、実際にそんなことができるのか、可能なことを言ってるのかと問いつづけずにいられなかった。身元を問わず、見返りも求めず、報復されることを念頭にもおかない無条件の歓待というものが本当にありうるのか、罪を憎んで人を憎まずというのは本当に可能なのか、だったら罪と人はどうやって分離できるのか、我々の内面では常に不安、絶望、葛藤といったものが一体となっているはずで、自分自身さえどうなっているのかよくわからないのに……どうやってそんな状態で、他者を理解し、受け入れることができるのか……僕はそれがよく理解できなかった。自分自身が全部嘘でできているみたいで……

ジョンヒには特に変化はなかった。算数塾に通いつづけ、家に帰るとソファーに座ってグミを食べながら音楽番組を見ていた。僕にカカオトークを送ってはこなかったが、誰かから電話が来れば居間のベランダに出て長い間話していることもあった。足を踏み鳴らして大声で笑っていることもあり、そんなとき僕はちょっとけわしい気持ちになった。ベランダの隅に置かれた、ジョンヒの父親が持ってきた水車のついた加湿器とジョンヒの顔を代わる代わる見ていたこともある。なぜ、今、この瞬間に、笑いながら電話なんかできるんだ？　いくら子どもだからって、どうしてあんなことが？

そんな気持ちになるたび、僕はタバコを持って家の外に出た。

＊

「学暴委」が開かれたのは八月初旬のことだった。

もともとは七月末に日程が組まれていたが、加害生徒の保護者の一人が学期末テストを理由に二度も延期申請を出したせいで、予定より何日か遅れたのだ。僕は夏物のスーツを引っぱり出してきて着て、ジョンヒと一緒に学校まで歩いていった。歩きながら僕たちは、互いに何も言わなかった。時刻はちょうど午前九時を回っていたが、背筋から汗がだらだら流れた。歩道には歩いている人はほとんどおらず、野良猫一匹だけがのろのろと僕たちの前を横切っていった。ジョンヒは野良猫がいなくなった花壇の前でしばらく立ち止まり、座り込んだりもした。

委員会は担当教師による事件の概要説明から始まったが、いくらも経たないうちに知らない男性がいきなり、ハンカチで汗を拭きながら会議室に入ってきた。みんなの視線が彼に注がれると、加害生徒3の母親が立ち上がって了解を求めた。ソウルから来た「学暴委」専門の弁護士なのだが、KTXの遅延のためちょっと遅刻したというのだ。「学暴委」の委員の一人が「弁護士がここに参加してもいいんですか?」と教頭に尋ねると、弁護士が代わりに答えた——法的にはまったく問題ありません。むしろその方がすっきりするでしょう。弁護士は持ってきたかばんから書類を取り出しながらそう言った。ミジュはずっとうつむいたまま座っていた。

その日、僕は「学暴委」委員たちの前で、ジョンヒの父親の話をした。併せて、ジョンヒがわが家に来ることになった事情もぽつりぽつりと話した。それを話さないことには、ジョンヒと僕の関係が説明できなかったからである。ミジュとミジュの母親、ジョンヒと他の加害生徒たち、そして残りの保護者はみんな会議室の外で待機していた。保護者が一人ずつ中へ入って意見を述べる番だった。「学暴委」の委員たちが僕に、もっと言うことはないかと聞き、僕は、子どもの面倒をちゃんと見られなくて申し訳ないと言った。そう言っている間、奇妙なことにずっと右のすねが攣《つ》っていた。だが、そんなに長い間ではない。僕の出番はそれで全部終了だったからだ。

＊

ジョンヒは夏休みが全部終わる前にわが家を去った。

学校で午後遅くまで大学院のセミナーの準備をしていると、妻から電話がかかってきた。朝早く算数塾に行ったジョンヒが今になっても帰ってこない、連絡もつかないというのだ。僕はコンピュータの上の壁にかかっている時計をちらっと見上げた。午後五時を過ぎたところだった。ま、もうすぐ帰ってくるだろ。塾が終わってから友だちと映画でも見に行ったのかもしれないし……口ではそう言ったが、心のどこかではずっと気まずかった。ジョンヒがわが家に来て以来、そんなことは一度もなかったのだから。仕事をざっとかたづけて家に戻ってみると、ジョンヒからはまだ何の連絡もなかった。聞いてみるとその日、算数塾には初めから来てもおらず、ジョンヒに会ったという子も一人もいないという。どうしよう、警察に連絡すべきだろうかとためらっているとき、妻の携帯が鳴った。磨石の母さんだった。「いえね、あの子がこんな遠い距離を、一人でバスに乗ってここまで来たんだよ。おばあちゃんに会いたいって……」

磨石の母さんはちょうど療養病院から帰ってきたところだと言った。帰ってきてみると、あの子が居間のピアノの椅子によりかかって眠っていたということも、教えてくれた。

ジョンヒがわが家を出ていく三日前、僕は校長の職印が捺された「学暴委」の決定通知書を書留で受け取っていた。結果は、加害生徒は全員「書面での謝罪」措置。後に妻から聞いたところでは、加害生徒3の母親が連れてきた弁護士の活躍が目覚ましかったという。子どものカカオトークのメッセージとメールフォルダをくまなく探し、ミジュが前に言った悪態や、他の子たちと一緒に言った算数塾の塾長の悪口、ミジュの方が先に他の子の髪の毛を引っ張ったり、ミジュも一緒になって他の子をいじめたりした事例などが一目瞭然と表に整理されて提出されたそうだ。双方が悪いのであり、よくある無知に基づく過ちという流れに持っていくのが弁護士の戦略だったらしい。加害生徒3の母親は「書面による謝罪」さえ不当だと言って、別途、再審を請求するということだった。

「ほらね、おじさん。私、何でもないって言ったじゃないですか」

僕が決定通知書を見せてやると、ジョンヒはすぐさまそう言った。そして「書面の謝罪？じゃ、お詫びの手紙を書けってこと？」と一人言を言った。僕はジョンヒの机の横に黙って立っていた。

「ねえ、おじさん。これ、おじさんが代わりに書いてくれませんか？　おじさんは作家だから、こんなの……」

なぜかわからないのだが、僕はその瞬間爆発してしまった。言わなければよかった言葉と、言ってはいけない言葉を子どもに言ってしまった。言っている間も、僕は自分がどんな過ちを犯しているのかわかっていなかった。

「おまえは、ほんとに悪い子だな。こんなに小さいうちから、恥知らずな……」

＊

その後、ジョンヒは磨石から釜山へとさらに居所を移した。

母親と一緒に暮らすことになったというのだが、その詳しい事情は妻も僕も知らない。ただ、ジョンヒの母親がメールで住所を送ってよこし、ジョンヒが置いていった荷物をそこへ送ってやっただけだ。ジョンヒの荷物を送った何日か後、僕は上の子の部屋にあった組み立て式の会議用テーブルを分解してベランダの物置に入れた。テーブルを取っ払っても、上の子の部屋にさほど余裕ができたわけではない。僕はマンションの前のスーパーで小さな本棚を買ってきて、それを空いた場所に据えた。本棚には居間にあった子どもの童話の本や百科事典、全集などを入れ、それでやっと居間に余裕ができた。

妻と僕はときどき散歩しながらジョンヒの話をした。元気でいるかな？　妻がそう問いかけると僕は、元気でいるさと自信のない声で答えた。あのことはとうてい妻には言えなかった。言わなければよかった言葉と言ってはいけない言葉。それを聞いたときのジョンヒの表情……それは妻にとってもあまりに残酷だろうと思うから。

最近も僕は毎晩、文章を書くために家から大学の研究室まで出かけていく。前は車で行っていたが、しばらく前からは健康を考えてリュックを背負って徒歩で行くようにした。雪の多い日や気温が零下十度以下まで下がる日も、僕は休まずその道を歩く。こうして耳がしびれ、顔全体がぴーんと凍りついてしまいそうな道を歩いていると、ときどき、あ、何だか素晴らしいものが書けそうだという錯覚に陥ることもある。それでいて一方では、こんなことを思ったりもする。これくらい寒い、頬がしびれるような夜に誰かが僕を訪ねてきたら、誰かが僕に助けを求めたら、そのとき僕はその人をどのように迎えるだろうか？　そのときにも果たして僕は、手を差し出せるのだろうか？

そう思うと僕にはとうてい、文をちゃんと書くことができなかった。

あとがき

ちょっと待って。
まだ君に言うことがもう少し残ってたんだった。
大したことじゃないんだけど……

ほんとは、この『誰よりも親切な教会のお兄さんカン・ミノ』の原稿を出版社に渡したのは去年の六月だったんだよね。僕はもともと文芸誌に発表した小説には手を入れず、そのまま集めて本にする方なんで、それなら秋ごろには出せるかなって自分では予想してたんだよ。版元の文学トンネ社の担当編集者であるイ・ソングン氏も大変勤勉な人で、原稿を送ってからいくらも経たないうちに初校を送ってきた。だから何も問題はなかったんだよね。光州まで送られてきた初校をチェックして、出版社に送り返して、また再校が出てきたら同じ手順をくり返し、そして最終校正をPDFファイルで確認すればおしまい。秋に本が出たら、先送りにしていた長編を書きはじめなくちゃな。合間合間に短編も書こうって、そう思ってたんだよ。おい、これじゃまるで公務員みたいじゃないか、これなら楽ちんだよ。にやにやして、そんな一人言を言ったりしてたんだ。

ところがだ、ところが、そうはいかなくて……

初校をもらって最後までざーっと一回見て、よし、明日からゆっくりちゃんと見なくちゃなと決心して、仕事場のシンクの引き出しに入れておいたんだけど……そのあと半年が経ち、夏が過ぎ、秋も行っちゃったんだけど、ずーっとあの引き出しを開けられなかったんだよ。別に何かあったわけじゃないんだ。毎日もれなく仕事場には行ってたし、大病を患ったわけでもないしな。仕事も辞めてないし、急に経済状況が悪化したわけでもないし。平凡で静かな生活が続いてた。続いてたんだけど、ずーっとあの引き出しは開けられなかったんだよね。イ・ソングン氏から電話が来ると、はい、はーい、すぐ見て送りますって嘘をつき、文学トンネの他の編集者であるイ・サンスル氏が電話してくれれば、ハハハ、そーおなんですよー見てはいるんですけどねー……ってまた嘘をついたんだよね。

君も知ってるように、僕が仕事場に使ってる全羅南道《チョルラナムド》羅州《ナジュ》市南平《ナムピョン》邑東舎里《トンサリ》にある小さなマンションは、短編「クォン・スンチャンと善良な人々」の舞台になった場所でもある。学校からそこに行くには、車がほとんど通らない国道を、車で二十分ぐらい走らないといけないだろ。ある日の真夜中、十二時ごろだったか、その道を走ってたら大きなイノシシ一頭と出っくわして、それでやっと冬が来たことに気づいたんだよね。もうすぐ新年だってことにもそれで気づいて……それでも僕はまだあの引き出しを開けられなかったんだよね。その後鹿二頭にも会って（鹿は、車のヘッドライトと目が合うと二、三秒間「氷」になるんだよね。それからまた「ぴゃーっ」とわが道を行く）、そのうえ馬にまで一頭、会ったんだよ（最初、幻を見たとばっかり思ったんだよね。夜中に自分の車の横を何かが一緒に走ってるみたいな幻影が見えて、もう一回見てみたら茶色い馬なんだ。いやーまいった、とんでもないもん見るようになっちまったな、そのうちダチョウやラクダと一緒に走るんかな僕って思ったんだよね。後で聞いたらあそこの近くにどっかの馬場があるんだって）、状況は改善されなかったんだよね。何でだろう？ 何でこんなに逃げ回ってるんだろう？ いや、どうして校正を見る気にすらなれないんだ？ ぼんやりと仕事場の椅子に座ってずっと同じ自問をくり返してたんだよね。

そんなことしてるうちに……そのうちに……今年の一月下旬にはとうとう、車で人まではねることになっちゃって。

つまりこの文章はそのことに関する文なんだよね。

車で人をはねた話。いきなり目の前にほとばしり出た真実に関する話。

まだ言うべきことがあるってことは、言ったよな？

話はまだ終わってないんだよ。

*

僕が車でその男をはねたのは、今年の一月二十一日の夜十時ごろのことだった。

勤めている大学の研究室で、学生たちが置いていった小説を読み、とはいえ実際にはほとんどの時間をぼーっとして寝そうになりながら過ごし、だめだこりゃ、仕事場に行ってちゃんと寝ようと思って帰る途中だったんだよね。午前中から雪が舞っては止み、そのくり返しで（君は知ってたっけ、光州はすごく雪が降る地方なんだよ）、そのせいか駐車場に停めてあった僕の車のガラス窓の上では、カフェラテの泡みたいに積もった雪ががっちり凍りついてたんだよね。車の名前は「モーニング」なのに、何で車の持ち主は朝起きられないんだろう？　運転席ですっかり縮こまってエンジンをかけ、ヒーターを作動させながら、しばらくそんなことを思ったりもしたんだ。空にはまだ黒雲がかかっていて、すぐにでもまた雪が降りそうだったんだよね。世の中は静かで、木の枝からは不規則に雪のかたまりが落ちてたな。

寒いんで、僕は運転席側の窓に積もった雪だけざっと払ってから、ゆっくりと駐車場を出ていったんだよね。いつの間にかこの職場も十年目なんだよね。それはつまり、十年もおんなじ道を運転してきたってことでもあるよな。今や僕は、だいたいの感覚だけでも大学正門の右の横断歩道の信号がいつ青になったか、いつまた赤に変わるかわかるんだよね。反対車線だけ見てても、正門の大理石に反射した色だけでわかっちゃうんだから。とはいっても吹雪だから、僕はできるだけブレーキペダルから足を離さずに右折したんだよね。そしてその瞬間、助手席側から何か、鈍い音が聞こえてきたんだよね。

初め僕は、駐車禁止の標識とぶつかったんだとばかり思ったんだ。そこにはいつも赤い標識が二個立ってたから……それで、このまま行こうかなと思ってちょっとためらいもしたんだよな。せいぜい助手席側のヘッドライトにひびが入ったか、バンパーに傷がついたぐらいだろう。寒いんだし、わざわざ確認しなくていいや。僕はただもうめんどくさくて（あのときそのまま行っちゃってたら……僕はこの文章を書く代わりに被疑者尋問調書を作成することになってただろうな）、でも心のどこかがずっと落ち着かなくて、十メートルぐらい行ってから車を停めて外に出たんだけど……僕が来た道に一人の男が横たわって、苦しそうなうめき声を上げているのを聞いたんだよね。

男の名前はキム・ヨンソン（もちろん仮名だけど）。年は五十八歳。職業は代行運転のドライバー。僕はその日そのときその場所で、初めて彼に会った。そしてもちろんそのときだって、十五日後に自分が彼の隣に座って涙をぼろぼろこぼすことになるとは想像もしていなかったんだよね。想像がいったい何になるんだよ？　君が知ってるかどうかわかんないけど、作家の想像力とか予感っていうのは、何かを書いてるときに初めて生まれるもので、熟練した鍵の修理工の指先の感覚みたいなもんなんだ。だから……そのときの僕は何も予感できなかったというのが正しいんだよね。予感どころか、目の前で何が起きたのかもわからなくて、ただもうしばらくぼんやり立ってただけなんだから……

＊

僕は気を取り直して、倒れていた彼を僕の車に乗せようと努力したんだよね。彼は僕より背も高いし、体重ももっとあったから、立たせようとしてどんなに頑張ってもまるでびくともしないんだ。僕が力をこめるたび、あああ、あああってうめき声を上げるばかりでさ。

119番に電話しようか？　って思いが頭の中をかすめて通り過ぎたんだけど、そんな余裕はなかったんだ。こんな寒い日に、雪の積もった道に人が倒れてるのに……幸い大学の正門前を通りかかった男子学生二人が助けてくれたんで、うんうん言いながら彼を僕のモーニングの助手席に乗せて、近所の病院に向かったんだよね。そして……そのとき初めて、彼のちゃんとした声を聞いたんだよね。

「あああー、青信号が点滅してるのを見て渡ったのに……もうちょっと気をつけて運転してくださいよう」

何だよ……あのときは絶対赤信号になってたぞ……と思ったけど僕はそれについては何も言えなかったんだよな。考えてみてくれよ、僕がはねた人を、僕が運転する車で急いで病院に運んでる最中に、その車の中で二人で赤信号だ、青信号だって言い合ってられないだろ？そのうえ彼は僕のすぐ隣の助手席に座ってるんだもんね。モーニングみたいな小っちゃい軽乗用車の運転席と助手席に並んで座ってたら、いくら仲が悪くたって、何となく親密なペアみたいな感じがしてくるんだよね。若干の縁も感じるし……で、僕の口からどういう言葉が出てきたかっていうとだ……

「すみません。僕、今までこんなことなかったんですけど……」

病院に到着し、キム・ヨンソン氏がレントゲン撮影をしている間、僕は保険会社に事故申請をしたんだけど、保険会社の事故処理担当者は、まるで文学トンネ社のイ・ソングン氏みたいに（この人はメールを送ると五分で返事をくれるんだよね）、電話して五分もしないうちに救急室の家族待合室に到着し、夜の十時過ぎだっていうのに、小ざっぱりしたスーツ姿でヘアスタイルもきちんと整っていたんだよね。

「お客様、さぞ驚かれたことでしょうね？　もう心配いりませんよ。私どもが適切に処理いたします」

彼は僕の両手をぎゅっと握ってそう言ったんだが、変なことだけどその言葉にほんとに慰められたんだよ。それでやっと、顔に上っていた熱もちょっとおりたような気分になって、百メートル走を完走したみたいにはあはあいってた息も少しは静まったみたいだったんだよね。

僕は待合室の椅子に腰かけて、事故の経緯を説明していったが、他のことは何も言わずに書き取っていた彼が、やはり横断歩道の信号の部分では僕の顔をじっと見たまま、聞き直したんだよな。

「つまり、お客様は赤信号だったとおっしゃり、被害者の方は青信号だったということなんですね？」

「はい……」

「えーと、お車に……ドライブレコーダーは？」

「それ……あるにはあるんだけど……電源切ってたもんですから……」

「あああ、そりゃまた」

担当者はボールペンを持ったまま、深刻な表情を浮かべた。待合室に座っていた何人かの人が僕らの方を見たし、救急室の方からは、誰が出してるのかわからないうめき声がずっと聞こえてきてたんだよね。窓の外ではまた雪が降りはじめてて。

僕はいきなり、担当者に言ったんだ。

「もう、青信号ってことにしといてください」

「はい？」

「いいです、青信号でいいですよ。どっちにしろ私のミスの方が大きいんだから……」

僕はまるで、着ていた救命胴衣を他の人のために脱いでやるときみたいな悲壮な声でそう言ったんだけど……実は心のどこかでは、保険会社という確かな後ろ盾を信じていたというのが事実なんだよね。赤信号だろうが青信号だろうが、どうせ保険会社を通して補償されるんだから……来年は保険料が上がるだろうけど、その程度なら許容範囲だよな……僕は心の中でそう計算してたんだよね。こんな軽にぶつかったぐらいでさ……スピードも全然出してなかったし……レントゲンでも別に異常はないはずだよ……だから青信号だろうが赤信号だろうが……つまりそういうのが、僕の倫理感覚だったんだよね。心の中でささっと保険料を計算してしまう感覚……その程度の損害ならかまわないって感覚。

「そうしますと、この件、百パーセントお客様の責任になりますが……」

「しょうがないですよね、まあ……」

僕は、ちょっと前にキム・ヨンソン氏がモーニングの中で言ったことを思い出した。そして、それに全然反論できなくて、ただすみませんとだけ言ったことを思い出したんだよね。だったらもう……それでいいやと思ったんだよな。

「はい、それではお帰りになって結構です。あとは私どもがきちんと処理いたしますので」

「え、帰る、って……？　このまま？」

「はい、必要なことは全部やっていただきましたので」

保険会社の職員は何でもないみたいにそう言ったけど、でも僕は帰らなかったんだ。何でそんなことできると思う？　僕が車をぶつけたのは人で、塀でもなけりゃ電信柱でもないんだよ……僕はずっと家族待合室に担当者と一緒に座ってた。それが正しいんだ、それが人の道にかなった行為だ……と自分で思いながら、ずっと座ってたんだよね。小説にあんなことも書いといてさ……僕としちゃそうするしかないよな……僕は頭の中でずっとそんなことも思っていたんだよ。

その日キム・ヨンソン氏に下った最終診断は、左くるぶしの立方骨骨折だった。

*

保険会社の担当者からまた電話がかかってきたのは、それから五日後だった。

「お客様、もしかして被害者の方から連絡が来たりしていませんか？」

僕は、来てないって答えたんだよね。僕の方から保険会社を通して、キム・ヨンソン氏に連絡してみようかとは思ってたけど……それが思ったほど簡単なことじゃなかったんだよね。それはちょうど、仕事場のシンクの引き出しに入れたまま出す気になれなかった校正紙そっくりだった。やらなきゃいけないのはわかってるけど、とにかく逃げたい、そういう気持ち……

「それがちょっと……面倒なことになってましてね……」

担当者によればキム・ヨンソン氏は、最初に入院した病院から一日で退院して、光州広域市北区にある東洋医学の病院に移ったんだそうだ。最初に入院した病院で発行された診断書では全治六週だったが、移った病院の診断書では全治八週に延びたってことも教えてくれたんだよね。

「それだけじゃなくて……今は東洋医学の病院からさらに整形外科の専門病院に移られたんですが……そこでは全治十週の診断が下ったらしいんですよね」

僕はそれがどういう意味なのかわからなかったんだよね。単に、それじゃ保険会社が入院補償をいっぱい払うことになるなと思ったぐらいで……面倒かけちゃうなとか思って……ところが担当者の口からは、まったく予想もしなかった言葉が飛び出してきたんだよ。

「こうなりますと……お客様には被害者の方とじかに刑事事件の示談をしていただくことになるんですが……」

「刑事事件の示談？　それは保険会社でやってくれるんじゃないんですか？」

「私どもは民事の示談だけなので……今回のような横断歩道歩行者の事故は、十一重大過失事故に該当しますのでね。そうなるとお客様が別途、被害者の方と、刑事事件ということで示談にしていただかないといけないんですよ……全治八週以上は刑事罰の対象なので……」

僕はあっけにとられたんだよね。それいったいどういうこと……？

「いや、何のことだか、私はまるで……」

「お客様は、青信号を渡っている被害者に追突なさったわけですよね？　ですから当然、十一重大過失事故に入るんです……被害者の負傷程度も十週以上ですから……」

保険会社の担当者は、示談にしない場合、原則的には逮捕される可能性もあるって言ったんだよね。だからみんな、そうなる前に示談にするんだってことも言ったな……示談って、どうやって合意形成するんだろう？　率直な謝罪の手紙？　あたたかい一言？　友情をこめて酒一杯？　何言ってんだ……結局、金に決まってるじゃないか？　被害者が希望する金額を呑んでやること、それが必要だと保険会社の担当者は教えてくれた。

「被害者はこういった方面のことにすごくお詳しいらしくて。もう損害保険登録鑑定人もお決めになったそうです……まずは被害者の方のご機嫌を損ねないようにというのが……」

僕はもう何も言えず、ただ携帯を持って呆然としてたんだよね。逮捕されるかもだなんて……機嫌をとるだなんて……

＊

「肝心なのはね、大学の先生だってばれたらおしまいってことですよ。そこがポイントです。完全な失業者ってコンセプトでいかないと」

「そうか……失業者か……」

「そうですよ。病院に行くときはできるだけ哀れっぽい表情で……違うな、できるだけ哀れっぽい服装で……違うな、とにかくもう人生そのものに失敗した人ってふうに見えなきゃいけないんですよ。もうどん底だった人が、さらに底が抜けた感じ」

「どん底で、さらに底が抜けた感じ……？　それちょっと難しいんだけど……」

二回目だか三回目だかに病院にキム・ヨンソン氏に会いに行く前、僕は大学院の教え子に電話したんだよね。彼は職場を転々としながら童話を書いている奴なんだけど、親戚の中に一人、損害保険登録鑑定事務所の所長を務めている人がいるとかで……いつもは、汚れのない子どもたちの純粋さとか、人に捨てられた犬、猫、カブトムシのお話なんかを書いているその教え子が、僕に向かってひたすら、どん底のさらに底まで落ちぶれたふりをしろと、力説するんだよ。

「難しくても頑張らなくちゃ。大学の先生だってばれた瞬間、示談金の金額が一千万ウォン単位に跳ね上がりますからね。良い職場にいればいるほど、そこが弱点になるんですよ」

まさか、そんなことが……？　僕は一人で考えた。教え子と電話で話す何日か前、僕は病院にキム・ヨンソン氏に会いに行ったんだけど、彼は人のよさそうな笑顔で、あんまり気を遣うな、合理的な範囲で示談書を作成しようと言って、僕が買っていった高麗人参ドリンクを一びん僕にくれたんだよね。大変だろうから何度も来る必要ないよと、ギプスをした足で、松葉杖までついて、無理してエレベーターの前まで送ってくれたんだよね。だから僕は、彼の言う合理的範囲に収めるために、合理的範囲ってどのくらいか聞いてみようと思ってその教え子に電話したんだけど……

「骨折だから、五百万ウォンの線で行くのがいいですよ。値切れそうならもっと値切ってください。モーニングも売って作った金だって言うんですよ」

事故の後、僕はずっとモーニングに乗れない状態だったんだよな。ハンドルを握ると、何かにぶつかる感覚がしきりによみがえって……ブレーキペダルから足を離すのが怖かったんだよ。この機会にもう、モーニングを売っちゃおうか？　それで五百万ウォンを調達しようか？　そうしたら仕事場にはどうやって行こう？　あそこに、あのシンク台の引き出しに、僕の短編集の校正紙がそっくりそのまま入ってるのに……

僕はずっと五百万ウォンのことを考えながら座っていたんだ。

＊

小説に出てくる「イ・ギホ」と、小説を書いている「イ・ギホ」の間には果たしてどのような壁が立ちはだかっているのか？　その二人は完全に別の存在で、それぞれ固有の魂を持った人物なのか？

君にだけ言うんだけど……初めてこの『誰にでも親切な教会のお兄さんカン・ミノ』の校正紙を受け取った直後、僕はその壁を目にしたんだ。いや、ずっとその壁だけを見てきたんだよな。書いてるときはまるでわかってなかったけど、見直してみたら、残るのはただその壁だけだと思ったんだよな。

小説の中の話者と実際の作家は区別しなくてはならない、それを分けて考えられない人はアマチュアだと、僕らは習ってきた。だけど実際にはそうじゃないってことは、君も、僕もわかってるじゃないか。アマチュアだって熟練した読者だって、ひそかにその壁の向こうを見ようとして必死な連中だろ。それに作家も、わざとその壁にぼこぼこ穴を開けてちらちら見せてやったりするし……そのくせ見ないふりして、お互いにだましだまされ、目をつぶってやって、見る目があるねとか言ってほめちぎったりしてさ。それが小説を読むときの我々の倫理的な姿勢なんだ、とかさ。僕はそういうのが嫌だったんだよ。小説が、作家が、そんな大したもんかって……僕は「作品《チャクプム》」っていう言葉も嫌なんだよね。この、「ム」で唇をしっかり閉じて締めくくる単語の中に、何となく、何かから何かを区別しようとする変な姿勢がかいま見えるからなんだけど。だから僕は最初から、そういう姿勢自体を破壊してしまうつもりで書いてきたんだ。主人公の名前もわざと「イ・ギホ」にして、これが小説なのかエッセイなのか、ジャンル分け自体が無意味になるように努めて書いてきたんだよね。小説を書くときは、それが思い通りになるとばっかり思ってたのに……

結果的に僕は失敗したんだよね。文学トンネ社のイ・ソングン氏が送ってくれた校正紙を初めて読んだ瞬間、僕はそう感じたんだよね。だから校正紙を簡単に送り返す勇気が出なかったんだろう……

小説の中の人物の名前だけ「イ・ギホ」にしたからって、どうしてその壁が崩せると思う？　それはむしろまた別のアリバイとなり、また別の壁の後ろに僕を連れていっただけだったんだよね。かえって二重、三重の壁の後ろに隠れるような感じ……最終的に僕は、小説の中の「イ・ギホ」が感じた恥を後ろで黙って見ているだけってわけなんだ。一緒に感じるんじゃなくて、別の位置から眺めているって意味なんだけど……そうすることでやっと、小説を書きつづけることができると信じていたから。そうやって一編、二編と小説を書いていったら、何が残ったかわかるかい？　「恥じる自分」とそれを「見てる自分」、ずっとそれだけさ。恥について、歓待について、倫理について語ったところで、そこにはいつだって見えすいた僕がいるだけなんだ。

そんな「見えすき」のどまん中で、キム・ヨンソン氏に出会ったんだよね。

＊

キム・ヨンソン氏と僕は、整形外科専門病院の八階のエレベーターの前のソファーに座って、刑事示談書を書いた。それは事故が起きてから正確に十五日が過ぎた時点で、キム・ヨンソン氏が東洋医学の病院から整形外科専門病院に移ってからちょうど十一日めの日だったんだよね。向かい合って座るソファーじゃなくて、二人用のソファーに並んで、日差しがよく入るガラス窓の横に座って、示談書を書いたんだよ。

示談書にはキム・ヨンソン氏と僕の住民登録番号、住所が順に記載され、「刑事罰を望まない」という文章も含まれていたんだよね。示談書にはただ一か所、示談金の額面だけが空欄のまま残っていた。

ピンク系の病衣を着たキム・ヨンソン氏は、この前会ったときよりひげぼうぼうで、そのせいか、初めて会ったときよりもずっと老けて見えたんだよね。

彼は示談書に書かれた僕の名前をじっと見おろしていたと思うと、だしぬけにこう尋ねたんだよね。

「大学の先生なんでしょ？」

「え？」

僕はしらばっくれて聞き返した。

「あの大学の先生でしょってことですよ。あのとき、事故が起きたとき、あの学校から出てこられたでしょ？」

「あれは……」

僕はためらったんだよね。短い瞬間だったけど、僕にはいろんな声が聞こえてきてた。

「違います……」

「違うんですか？　じゃあどうしてあんな時間に大学から……」

「あれは……資格を取るための勉強してたんです。あの大学の生涯教育で……警備指導者の資格を……」

キム・ヨンソン氏は黙ってうなずくだけだった。

「家は南平邑の東舎里でしょ?」

「はい……」

僕は示談書に仕事場の住所を書いておいたんだよね。仕事場の賃貸契約の関係で、住所をそっちに移しておいたからなんだけど。

「家族は? ご家族はいないんですか?」

「家族はいますが……今は別に暮らしています」

僕の言葉にキム・ヨンソン氏は、長いため息を一度ついたんだよね。僕ら二人はそうやってしばらく、黙ったまま座っていたんだよね。

キム・ヨンソン氏は、手に持っていた示談書を下に置きながら、こう言ったんだよ。

「あなたの方が若いから、気楽な言葉遣いで話すからね……私が今、運転代行の仕事をしてるでしょ? 人生がこじれにこじれちゃって、この仕事をするようになったんだけど……まあ、悪くはないよ。走れば走った分だけ、正直に儲かる仕事だから。どうにかこうにか食っていけてますよ。みんなそうやって暮らしてるわけだし……何でこんなことを今、言うかっていうとね……若い人はそういうことが起きると、失望したり、落ちぶれたと思ったりするんじゃないかと思ったからなんだよ。そんなふうに考えたらいけませんよ。そんなことさえ思わなければ、またどうにか、こうにか、やっていけるようになるんだからね」

キム・ヨンソン氏はそう言いながら、僕の背中をトントンたたいてくれたんだよね……それまでもずっとうつむいて座っていた僕は……その瞬間……いきなり……ぼたぼた、涙をこぼしちゃったんだよね。それはまるで予想のつかない涙だったんだよね。どうしてこんな予想もつかない涙が出るのか……まるきりわからなかったよね……

「ほんとになあ……もう……かわいそうになあ……」

キム・ヨンソン氏はずっと、僕の背中をトントン、してくれたんだよね。

その日、キム・ヨンソン氏が示談書に書き入れた示談金の金額は、四七〇万ウォンだった。

＊

君、本や小説で倫理を身につけられると思うかい？

本によって、小説によって、羞恥をともにするなんてことができると思うかい？

僕の見たとこ、そんなのは不可能だ。
不可能だと気づくこと。それが、僕らが小説や本を通して学べる唯一の真実だよな。
それを言いたくてここまで書いてきたんだ。
真実が目の前まで来たときに、君はどれだけ見えすいてない行動ができるか？
僕は、まだまだだな。

二〇一八年春

イ・ギホ

訳者解説

本書は、二〇一八年に文学トンネ社から出版された『誰にでも親切な教会のお兄さんカン・ミノ』の全訳である。

イ・ギホは一九七二年、江原道原州市生まれ、秋渓芸術大学文芸創作学科を卒業し、明知大学文芸創作学科大学院で博士課程を修了。一九九九年に短編「バニー」が『現代文学』に当選してデビューした。以後、二〇一〇年に李孝石《イヒョソク》文学賞、二〇一四年に韓国日報文学賞、二〇一七年には本書に収録されている「ハン・ジョンヒと僕」で黄順元《ファンスンウォン》文学賞と名だたる文学賞を受賞し、現在は光州大学文芸創作科の教授を務めながら創作活動を行っている。

デビュー当時からイ・ギホの個性はきわだっていた。初の小説「バニー」は、バニーという女の子が風俗嬢から歌手として成功していく様子を、彼女に惚れているチンピラが語るという短編だったが、最初から最後までラップ調の文体で押し通して読者を圧倒した。これが収められた初の短編集『チェ・スンドク聖霊充満記』には他にも、聖書や警察の調書、就職活動の経歴書など様々な文体を駆使した作品が収められ、絢爛たる文才と抜群の物語の面白さで鮮やかな才能を見せつけた。

それから約二十年の間に、短編集六冊、長編を三冊出し、押しも押されもせぬ実力派作家の地位を固めたイ・ギホだが、短編と長編とではかなり違うテイストを持っており、目的に応じて多様な文体を使いこなす手だれの作家だといえる。同時に、現代韓国において作家に求められるものを一身に体現している――しかもユーモアを交えつつ――という点で非常に重要な作家でもある。

今日の韓国の文芸評論にはしばしば「倫理」という言葉が登場する。場合によっては、「道徳」も。私はかねて、それが韓国の文芸評論の最大の特徴ではないかと思い、ずっと注目してきたが、本書に収録された「ハン・ジョンヒと僕」の次の箇所を読んだとき、倫理という言葉こそ使っていないものの、作家自身の口から作家倫理のありようがこれほどはっきりと語られていることに驚きを感じた。

「とはいえ僕がいちばん書こうと努めてきたのは、苦しんでいる人たちの物語だった。それを書かずに何を書くっていうのか？　僕はそのように学んできたし、そのような小説を何度も読み返してきたし、僕らの周囲にあるさまざまな苦痛とその重さについて悩もうとして、ずっと努力してきた。それを書いているときが楽しかったことはただの一度もない。苦痛について書く時間なんだから……」

もちろん、これはイ・ギホ自身ではなく作中の作家が述べたせりふだが、作家自身とそんなに距離はないと見ていいだろう。そしてこの短編が黄順元文学賞を受賞した際、審査委員である文芸評論家のイ・スヒョンは、「その悩みは単に、文章を書くという行為への専門家としての悩みにとどまらず、我々の社会の構成員として今、ここに生きる一人の人間の悩みであるという点においていっそう深い意味を持つ」と評価したのである。「正しさ」への強い志向性が作品の枠組みを支え、その中で自然にユーモアが呼吸する様子がイ・ギホの魅力ではないかと思う。

また本書は、作品のタイトルすべてに人名が入った「人名小説集」だ。どれも韓国ではありふれた名前で、どこにでもいそうな人に思える。これについて著者自身は二〇一九年秋に来日した際、「誰一人として平凡な人というのはいない、皆が独特の事情を抱えていると思っている。その平凡な日常に起きた予期せぬ出来事について書いてみたかった」と語っていた。

以下、各作品について一言ずつ記しておく。

●チェ・ミジンはどこへ

今、ダメ男を描かせたら随一の作家がイ・ギホではないか。のっけから自意識過剰な主人公が読者の心をつかむ。「僕」が三人の子どもの父親であり、育児をしっかり担っているところは作家自身を彷彿させる。

なお、「シャッター街のジェームズ・ソルター」とは、実在するアメリカの小説家の名をもじったもの。ジェームズ・ソルターは韓国ではかなり人気があり、相当数の作品が翻訳されている（日本では岸本佐知子編訳の短編集『楽しい夜』と『変愛小説集』にそれぞれ一作ずつ収録されているのみ）。フリマサイトで小説本を売る青年が文学に詳しい人だということが、そこからわかる。だが、恋人を失い、しょっちゅう「すみません」と言わなくてはならない仕事につき（非正規雇用の可能性も高い）、そのうえ住環境が悪化して本を保管しきれなくなった彼に、年長の作家は結局、何もしてやれない。

●ナ・ジョンマン氏のちょっぴり下に曲がったブーム

物語の冒頭で解説される事件は「龍山惨事」と呼ばれる、二〇〇九年に実際に起きた大事件である。韓国では長く、都市再開発とそれに伴う撤去という問題が存在してきた。商業区域、住宅地を問わず広大な面積が一挙に大規模再開発されることが多く、その際に住民との合意が形成されないままに撤去作業が強制執行されたり、激しい反対運動が起きて膠着状態が続くなどの事態がたびたび起きており、文学の世界でもしばしばテーマに取り上げられてきた。撤去民こそ、誰もがよく目にする「苦しんでいる人々」の代表だからである。

龍山惨事の際、予定されていたクレーン運転手の一人が現場に現れなかったことは事実だが、その運転手に関する詳細は明らかになっておらず、すべて著者の想像によるものである。作中の作家はこの事件を取材して作品化したいと思いつつ、本丸に切り込む勇気がない。彼の言葉が具体的には一言も記されていないところが意味深長。

●クォン・スンチャン氏と善良な人々

じれったいほど清く正しく貧しいクォン・スンチャン氏。彼が団地の人々のお金を受け取らなかったのはまさに「何も悪くない人たちを困らせないため」なのだが、かえって団地の人々はいきり立ってしまう。そして闇金業者は何気ないそぶりで生き延びる。

この物語は実は、二〇一四年に起きたセウォル号事件で多くの韓国人が味わった罪の意識やジレンマを反映している。七八ページの「死んだ子どものお父さんがハンストを始めた」という記述は、セウォル号事件で亡くなった檀園高校の高校生、キム・ユミンさんの父親キム・ヨンオさんが、セウォル号特別法制定を求めて行ったハンストを指す。このハンストが広く支持を集める一方で、あるタレントがキム・ヨンオさんをきつい言葉で罵倒したり、そこに同調する一般の人も見られたのである。著者もまた、「当時、セウォル号遺族に共感する多くの言葉が生まれたが、一方では、うんざりだとか早く忘れてしまいたいという声が上がるのも見た」「セウォル号事件以後『恥』についてしきりに考えるようになった」と語っている。その結実の一つといえる短編。

●私を嫌悪することになるパク・チャンスへ
●ずっと前に、キム・スッキは

一つの殺人事件をめぐる背中合わせの物語。二編とも、済州島のリゾートを経由して物語の核心に入ってくるところが共通している。

男女二人が、死んだ人を間に置いてそれぞれに見つめているのは「恥」である。キム・スッキの夫は「おまえのため」という建前で彼女に睡眠導入剤を飲ませ、チョン・ジェミンは嫌悪しながらも彼女と関係を続けるが、彼女との対話を一切拒んでいる点では二人とも変わらない。そしてキム・スッキ一人が、貧しさへの羞恥、貧しい者どうしで結ばれたことへの羞恥、羞恥していることへの羞恥に苦悩しつづける。

ここで詳しく述べる紙幅はないが、恥、羞恥という感覚は韓国文学の非常に重要なテーマである。『誰にでも親切な教会のお兄さんカン・ミノ』に通底するテーマもまさにそれだ。見ようによっては本書は、さまざまな羞恥のありようを描いた、一冊まるごと「羞恥の変奏曲集」とでもいうべき本なのかもしれない。羞恥というテーマについて著者に尋ねてみたところ、「自分はその論点について勉強をしているところだ」という答えであった。また、アメリカの法哲学者マーサ・ヌスバウムの『詩的哲学』（未邦訳）から、「羞恥心は資本主義というシステムによって起こりうる作動」であり、「人々がお互いに羞恥を感じ合う関係によってたがいが断絶させられている」ことを学んだと教えてくれた。

なお、「私を嫌悪することになるパク・チャンスへ」に出てくる歌「山荘の女人」は一九五〇年代後半のヒット曲で、サナトリウムで療養する婦人の心情を歌ったもの。ワルツ風の明るくゆったりした曲調で、何かを濾過した後の透明感のようなものが感じられる。

また、「ずっと前に、キム・スッキは」は供述調書作成という特殊な場面を切り取っているせいもあり、「チョン・ジェミンさん」「キム・スッキさん」と過剰に人名が連呼され、読んでいくうちにそれらの名前に酔ったようになり、強烈な「個」の印象が残る。

● 誰にでも親切な教会のお兄さんカン・ミノ

韓国はキリスト教が盛んで、国民の三割がキリスト教徒と言われている。信徒にならなくとも、子ども時代や思春期、青春期の一時的に教会に通った経験を持つ人も多い。「教会のお兄さん」は韓国語では「教会オッパ」で、「オッパ」という言葉は女性が実の兄を含む年上の男性に向けて使う呼称だ。恋人や夫を呼ぶときにも「オッパ」と言うが、そこには尊敬と甘えの混ざったニュアンスがあり、オッパと呼ばれることは男性にとって快いことらしい。しかも「教会オッパ」となると、信仰の道で妹たちを導いてくれる先輩なのだから、なおさら優しく、信頼に足る人物でなくてはならないはずだ。だが、カン・ミノはどうか。

著者はこの短編について、「忘却という暴力について書きたかった」と言っている。著者によればカン・ミノは、「自分が覚えていたいことしか覚えておらず、ものごとを自分が見たいようにしか見ない人」。だから、「ここに書かれていないこと」を想像しつつユニの態度や行動の細かい描写に注意して見ていくと、彼女が明らかに恋愛で深く傷つく体験をしたことがおぼろげに見えてくる。母親の失恋や事業の失敗によってユニが不安でいっぱいだったときに、カン・ミノは果たして何をしたのか。古い鎖の一つとは何を指すのか。

女性自身の意思を顧みないままに善行を行っているつもりの男性と、それに絶望した末にムスリムに改宗する女性。物語の表面に出ているのは氷山の一角で、その下に隠れたものの大きさを思いつつ読んでほしい。

●ハン・ジョンヒと僕

ひょんなことから小学生の女の子ハン・ジョンヒを引き取ることになった主人公とその妻。みんなが頑張って家族を演じるが、主人公「僕」の大人げなさがそれを台無しにする。二六三ページでハン・ジョンヒが「おじさん」と呼びかけているが、実は彼女はこの家の誰とも血縁はない。母と生き別れたうえに父が逮捕されてしまったハン・ジョンヒも、グループ内でのふるまい方で混迷する母子家庭の娘ソン・ミジュも、厳しい競争社会でサバイバル戦を戦う少女であり、大人の助けが必要だ。そんなことは「僕」も十分わかっているのに……。

ここで、先にも挙げた、作家の役割について述べられた箇所を再び見てみたい。二七六ページの「ある本」とは、ジャック・デリダとアンヌ・デュフールマンテルの往復書簡『歓待について――パリ講義の記録』（廣瀬浩司訳、ちくま学芸文庫）である。ここに出てくる「無条件の歓待」についていては、具体的には難民や移民の受け入れを考えればよい。デリダは、ギリシャ・ラテンの伝統、ユダヤ=キリスト教的な伝統、さらにカントやとりわけヘーゲルに至る法と法哲学による規定をも越えて、他者を無条件に歓待すべきだと言っているのである。以下、デリダの言葉を引いてみよう。

「到来者にはウィ（oui）と言おうではありませんか。（中略）到来者が異邦人であろうとなかろうと、移民、招待客、不意の訪問者などであろうとなかろうと、他国の市民であろうとなかろうと、人間、動物あるいは神的存在であろうとなかろうと、生者であろうと死者であろうと、男であろうと女であろうと、ウィと言おうではありませんか」

そんなことできるのだろうか、と自問しつつ、主人公の筆はいっこうに進まない。

● あとがき

あとがきと銘打ってはいるが、れっきとした作品である。そして著者によれば、本書の中でどれが面白かったかと読者に聞くと、ほとんどの人がこれを挙げたという（「それで私はちょっと悲しかったです」と笑いながら話してくれた）。

ここに描かれた事故は著者自身が経験したほぼその通りだそうである。また、三〇七ページの「不可能だと気づくこと」について、「その地点から何かを始めることができるという意味で、これは〈希望〉でもあるのでしょう。読まなければ、始めることもできないのですから」と補足してくれた。

恥、羞恥心をめぐるこれらの物語が進展する間、作中に登場する作家は、ずっと書けないままである。この「書けなさ」はすぐにでも私小説の温床になりそうなものだが、決してそうならないところがイ・ギホらしさでもあり、現在の韓国の小説らしさなのかもしれない。

例えば「チェ・ミジンはどこへ」の主人公は、邪推と反省を小刻みにくり返し、その落ち着きなさで私たちをくすっと笑わせる。しかし彼は居直り返って思考をやめることはなく、永久運動のような良心との対話を粘り強く続ける。文芸評論家のシン・ヒョンチョルは、イ・ギホを論じた評論「政治的に正しいアダム」において、「彼のトーンは嘲弄（喜劇）と憐憫（悲劇）のあいだを微妙に行き来する」と形容していた。こうした態度を真摯さと呼ぶのは凡庸かもしれないが、だとしてもこの態度は一種の胆力に近いのではないかと、本書を訳しながら思うときがあった。

先ほども書名を挙げた『歓待について』の文庫版のためのあとがきで、訳者の廣瀬浩司氏はデリダについて「つねに陽気な深刻さにあふれていた」と述べている。この形容がデリダに関してよく言われることなのかどうか勉強不足で知らないが、もしかしたら「陽気な深刻さ」はイ・ギホにもあてはまるのではないかと思った。イ・ギホの短編小説は一見とっつきやすいものが多い。だがその芯は意外に固い。たとえていえば、ハードなグミキャンディのような味わいだ。甘さに惹かれて口に入れるとやがて、今まで知らなかった種類の歯ごたえを感じてとまどうかもしれない。ぜひ、その「とまどい」の中に、積極的に迷い込んでみてほしいと思う。それは同時代を生きる隣国の作家からの招待であり、一種の歓待でもあるだろうから。

韓国では年齢を数え年であらわすが、本書では日本式に満年齢で表記した。また、三九〜四〇ページの「ドカタ」「タルキ」など傍点を付したカタカナ語は、韓国語の中に残った日本語の痕跡であり、日本語の発音がハングル表記された箇所である。

イ・ギホの作品について日本では、二〇一八年に日韓対訳の「きむふなセレクション　韓国文学ショートショート」の一冊として『原州通信』（清水知佐子訳、クオン）が出版されたのに続き、本書が二番目の紹介となる。現在、長編『舎弟たちの世界史』（小西直子訳、新泉社）の刊行も予定されており、今後も作品の紹介が続くのではないかと思われる。

担当してくださった内藤寛さん、原稿チェックをしてくださった伊東順子さんと岸川秀実さんに御礼申し上げる。

斎藤真理子

著者 **イ・ギホ**

1972年、江原道原州市生まれ、秋渓芸術大学文芸創作学科卒業、明知大学文芸創作学科大学院で博士課程を修了。1999年に短篇「バニー」が『現代文学』に当選してデビュー。2010年に李孝石文学賞、2014年に韓国日報文学賞、2017年には本書に収録されている「ハン・ジョンヒと僕」で黄順元文学賞と名だたる文学賞を受賞。人間を見つめる優しい眼差しと卓越したユーモア感覚、多彩な「語り」の文体で注目を集め、2000年代を代表する新世代作家となる。現在は光州大学文芸創作科の教授を務めながら創作活動を行っている。邦訳作品に『原州通信』(清水知佐子訳、クオン)がある。他の作品に『チェ・スンドク聖霊充満記』『おろおろしてるうちに こうなるだろうと思ってた』『三つ子の魂夏まで』『モギャン面放火事件顚末記』などがある。

訳者 **斎藤真理子**

1960年新潟生まれ。訳書に『カステラ』(パク・ミンギュ、ヒョン・ジェフンとの共訳、クレイン)、『こびとが打ち上げた小さなボール』(チョ・セヒ、河出書房新社)、『誰でもない』(ファン・ジョンウン、晶文社)、『フィフティ・ピープル』(チョン・セラン、亜紀書房)、『82年生まれ、キム・ジヨン』(チョ・ナムジュ、筑摩書房)、『回復する人間』(ハン・ガン、白水社)など。『カステラ』で第1回日本翻訳大賞受賞。

となりの国のものがたり 04

誰にでも親切な教会のお兄さんカン・ミノ

2020年2月4日　初版第1刷発行

著者　イ・ギホ

訳者　斎藤真理子

発行者　株式会社亜紀書房

〒101-0051 東京都千代田区神田神保町1-32

電話(03)5280-0261　振替00100-9-144037

https://www.akishobo.com

装丁　坂川栄治+鳴田小夜子(坂川事務所)

DTP　コトモモ社

印刷・製本　株式会社トライ

https://www.try-sky.com

Printed in Japan